Hansjörg Schertenleib

Schule der Winde

Kampa

Für den Blick hinter die Verlagskulissen:
www.kampaverlag.ch/newsletter

www.kampaverlag.ch
Lektorat: Heiko Arntz
Covergestaltung: Lara Flues, Kampa Verlag
Covermotiv: © Per Adolfsen
Satz: Tristan Walkhoefer, Leipzig
Gesetzt aus der Stempel Garamond LT / 230130
Druck und Bindung: Friedrich Pustet, Regensburg
Auch als E-Book erhältlich
ISBN 978 3 311 10051 5

Alles hätte,
soweit ich mich erinnere,
genau so passieren können.

In the cold rain
and the wind blowing inland
the geese lines
break down into blots.

They are no longer going to map out
the beginning of life;
to get home is uppermost.

Dermot Healy

Für Brigitte.
Love, life, wife.

Der Moment, vor dem ich mich lange gefürchtet hatte, der Moment, an dem S. ins Taxi steigt, das sie zum Belfast International Airport fährt, weil dort die Maschinen der Billigairline abheben, mit der sie in die Schweiz fliegt, um in die Arme des verheirateten Gemüsegärtners und vierfachen Vaters zu flüchten, dessen Ehe sie ebenfalls ruinieren würde, dieser Moment stellte sich, als er da war, als befreiend heraus, getrübt nur von der Angst, sie könnte wieder wie ein Chamäleon ihre Farben wechseln und doch nicht abreisen. Die verheißungsvoll leere Straße führte mir den Ausweg vor Augen, nicht über die Misere der vergangenen sieben Jahre zu schreiben, sondern über das Glück und demnach davon, wie es hätte sein können ohne sie, wie es gewesen wäre, wenn ich nicht den Fehler gemacht hätte, sie zu bitten, mit mir nach Irland auszuwandern, denn man kann nicht nur das Scheitern erzählen, sondern auch das Gelingen. Ich würde erzählen, was hätte passieren *können*, nicht, um mich in ein besseres Licht zu rücken, sondern um der Geschichte willen, die zu mir passt, wie ich finde, *seine Geschichte*.

Als er das Schulhaus erreicht, ist finstere Nacht. Er parkt neben dem Vorbau mit den nummerierten, gusseisernen Kleiderhaken, an welche die Kinder, die hier zur Schule gingen, ihre Jacken und Mäntel hängten, bis sie 1972 geschlossen wurde. Er schaltet den Motor aus, bleibt aber sitzen und übt den ruhigen Atem, weil er endlich angekommen ist in seiner Wahlheimat, erschöpft von der letzten Etappe der dreitägigen Reise, einer zehnstündigen Fahrt über kurze Autobahnabschnitte und Landstraßen voller Schlaglöcher.

30. Oktober 1996, 23.13 Uhr, irische Zeit.

Sein vollgepacktes Auto, Manuskripte, CDs, Kleider, zwei Gitarren, ruckelt von Böen getroffen hin und her, als stehe es noch immer im Bauch der Fähre von Swansea nach Cork, eine Strecke, die ab 2011 nicht mehr befahren werden wird, und werde ab und an von einer unsichtbaren Riesenhand gepackt und geschüttelt.

Auf der Fähre ist er mit einer Frau ins Gespräch gekommen, die mit erstauntem Gesicht durch das Selbstbedienungsrestaurant taumelte und, vom Seegang bestimmt, an seinem Tisch landete. Wie er war sie allein unterwegs, wie sie ihm gestand, nachdem sie ihren Vornamen genannt hatte. Ihre Suppe ließ sie unberührt, weil sie ihm ungefragt ihr Leben erzählte, wobei sie ab und zu an ihrem Guinness nippte, dessen torfbraune Flüssigkeit noch im Begriff war, sich zu setzen. Katja wurde 1939 in Malechowo in Pommern geboren, etwa dreißig Kilometer von der Ostsee entfernt, ihre Eltern besaßen einen Hof mit einigen Schweinen und Kühen. Mitte Dezember 1944 wurde ihr Vater in den Volkssturm eingezogen, dem letzten Aufgebot der deutschen Wehrmacht, doch statt vor der rasch anrückenden Roten Armee zu flüchten, blieb ihre Mutter mit Katja und ihren vier Geschwistern in Malechowo, um auf die Rückkehr ihres Mannes zu warten. Ihr Dorf wurde am 7. März 1945 von der Sowjetarmee besetzt und wie ganz Hinterpommern unter polnische Verwaltung gestellt, ihre Familie vertrieben. Nach einer Flucht, die mehrere Monate dauerte, ihr aber in ihrer Erzählung nur einen Satz wert war, kamen sie im Ruhrgebiet in ein Dorf bei Dortmund, in dem keiner sie haben wollte. Sie blieben trotzdem. Ihr Vater, das erfuhren sie im zweiten Jahr in der Fremde, war schon am ersten Tag im Volkssturm von den Russen erschossen worden. Mit siebzehn zog Katja nach Dortmund und arbeitete in der Kantine der Zeche Zollern als Köchin, wo sie Ludwig kennenlernte, einen Kommunisten, der das KZ überlebt hatte. 1963 heirateten sie, zwei Jahre später siedelten sie, bevor ihr einziges Kind Karl zur Welt kam, nach Aberfan in Südwales über. Wundersamerweise überlebten sie den Haldenrutsch am 21. Oktober 1966, der ein ganzes Schulhaus verschüttete und hundertvierundvierzig Menschen tötete, davon hundertsechzehn Kinder. Ihr Mann arbeitete bis zu seiner frühen Pensionierung im Bergbau, vor einigen Jahren starb er an Darmkrebs. An Deck der Fähre von Swansea nach Cork befand sich Katja, weil sie von Wales nach Irland umsiedelte, zu ihrem Sohn Karl, der in Cork eine Metzgerei besaß. Katjas Hab und Gut fand Platz in zwei neuen Koffern, wie sie ihm stolz berichtete.

Angesichts der Lebensgeschichte dieser Frau kam ihm seine eigene Auswanderung nach Irland lächerlich unbedeutend vor, kleiner, als sie sich für ihn anfühlt, und er spielte sie vor ihr herunter, während sie rasch und mit niedergeschlagenem Blick ihre kalte Suppe löffelte. Dann stand sie auf, reichte ihm die Hand und erklärte, Malchow, so heiße ihr Geburtsort Malechowo auf Deutsch, sei abgeleitet vom Wendischen *milaka*, was Buchwald bedeute. Hinter dem Land ihrer Eltern habe es einen Buchenhain gegeben, an den sie häufig denke, obwohl sie sich doch eigentlich kaum an ihn erinnern könne, weil sie so klein war, als man sie aus Malchow vertrieb. Trotzdem sehe sie den Hain immer wieder vor sich. Zart war ihre Stimme geworden, zerbrechlich, und es ist ihr tatsächlich gelungen, dass er den Buchenhain vor sich sah. Sie hat ihm zugenickt, die Griffe ihrer Koffer gepackt und ist wortlos aus dem Bordrestaurant gegangen, unter dessen Fenstern das Meer kochte und dessen Boden mittlerweile bedenklich wankte, weil die offene See erreicht war. Er hat Katja nachgeblickt und wollte sich den Rest Rotwein aus der Flasche einschenken, als die Schiffsmotoren für einen Herzschlag lang aussetzten, als stocke der schweren Fähre der Atem, bevor sie sich, niedergedrückt von einer gewaltigen Macht, steil nach vorn neigte. Dass er den Wein nicht in sein Glas, sondern auf den Tisch schüttete, begriff er erst, als sich die Spitze der Fähre erneut aufrichtete, seine Hand mit der Flasche in die Höhe ging und er sich den letzten Schluck in den Schoß goss.

//

Als er schließlich aussteigt, reißt der Wind ihm die Autotür aus der Hand, und er braucht alle Kraft, um sie zuzudrücken. Er geht einige Meter in die Wiese hinter dem Schulhaus, das Gras steht kniehoch, und legt den Kopf in den Nacken: Hat er schon einmal derart viele Sterne gesehen und den Himmel als Gewölbe wahrgenommen, das sich über ihn spannt? Die Luft ist kühl und frisch und er glaubt, den Atlantik riechen zu können, dessen Küste er seit Sligo vierzig Meilen entlanggefahren ist. Nicht ein Geräusch ist zu hören, es ist still, glaubt er wenigstens, totenstill, bis er nach einer Weile begreift, er hat sich getäuscht: Äste knarren, Blätter rascheln, Regen tropft, Wind pfeift, in den Hügeln, die hinter seinem Grund ansteigen, schlägt ein Fenster, vielleicht eine Tür zu. In der Nähe klingelt es wie von Altarschellen: Das Mobile aus Muscheln, Schwemmholz und Seeglas wird er in einigen Tagen in den Ästen einer Esche entdecken. Helen und Richard, die früheren Besitzer der Schule, die mit ihren zwei Töchtern in Richards Heimat Tasmanien zurückgekehrt sind, müssen es aufgehängt haben.

Obschon er den Moment, sein neues Heim zu betreten, herbeigesehnt hat, zögert er ihn jetzt heraus und öffnet die Haustür erst, als Regen einsetzt, dicht und verblüffend warm, ein leichtes Gewand, das ihm umgelegt wird, welches er in die *porch* trägt und abschüttelt wie ein Hund das Wasser des Flusses, in dem er sich vergnügt hat. Es riecht feucht in dem Vorbau, der früheren Garderobe der Schule, und es ist keine zehn Grad warm. An die Kälte wird er sich im Lauf der Jahre, die er in Irland lebt, gewöhnen, die Feuchtigkeit und das Odeur, das sie mit sich bringt, lernt er zu fürchten und regelrecht zu hassen; dass ihm diese Feuchtigkeit auf die Knochen schlägt, wird er erst mit Mitte fünfzig spüren, noch kann sie seinem Körper nichts anhaben. Und wie soll er, er hat sein neues Heim doch eben betreten, wissen, dass er auf den Tag genau in zweiundzwanzig Jahren mit seiner zweiten Frau Bücherstapel um Bücherstapel aus der Bibliothek in diese *porch* tragen und den zwei Arbeitern der Umzugsfirma überreichen wird, die sie für die Verschiffung nach Maine an der US-Ostküste in Kisten verpacken? Bald schütteln die Arbeiter aus Belfast genervt die Köpfe, dann fangen sie an zu schimpfen und schließlich sogar zu fluchen: *Good God, them fucken' books are heavy! Don't you tell us you read all that shite?*

Als er das Schulhaus schließlich von der *porch* her betritt, weiß er nach wenigen Schritten durch den Korridor Richtung Küchenanbau, hier bleibst du, dies ist fortan dein Haus, deine Höhle, dein Versteck, dies ist sie, deine zweite Haut. Ein Ort, zu bleiben.

//

Die erste Nacht in seinem Haus verbringt er im großen Schlafzimmer unter dem Dach, in einer altmodischen eisernen Bettstatt, deren Kopf- und Fußteil bei jeder Bewegung bedrohlich wanken und vernehmlich knarzen; im Halbschlaf vermischt sich die Geschichte von Katja, der Frau auf der Fähre mit der Geschichte seiner Mutter Romana, die als Zwanzigjährige zwei Jahre nach Ende des Zweiten Weltkrieges aus Ebensee im Salzkammergut in die Schweiz emigrierte, um in Zug für einen Metzgermeister und seine kränkelnde Frau den Haushalt zu führen und als Kindermädchen zu arbeiten. Er sieht seine Mutter im Zürcher Hauptbahnhof aus dem Zug steigen, die Tasche in der einen Hand, den Griff des Pappkoffers in der anderen, so hat sie es ihm erzählt, und, überwältigt vom emsigen Treiben in der hohen Halle, die jedes Geräusch zurückwirft und verstärkt, so verzaubert wie verloren planlos hin und her laufen, bis sie einen Ausgang findet und auf die Bahnhofstrasse hinaustritt. Seine Mutter hat ihm ihre Ankunft in der Schweiz wiederholt beschrieben, hat noch fünfzig Jahre später vom weichen Zauberlicht geschwärmt, welches als Verheißung vom See heraufleuchtete und sie magisch anzog, weshalb sie trotz Müdigkeit von der langen Zugreise immer weiter- und weiterging, vorbei an Schaufenstern mit prachtvollen Auslagen, bis sie schließlich am Ufer des Zürichsees stand und sich ihr Blick im Alpenkranz verlor, der am Horizont in den Himmel wächst und sie an das Tote Gebirge und das Höllengebirge ihrer oberösterreichischen Heimat erinnerte.

//

Dass der Wind hier in Donegal sein ungebetener, aber steter Begleiter sein wird, begreift er in der ersten Nacht: Er schreckt aus dem Schlaf, weil es ist, als würde mit gewaltigen, durch Decken schallgedämpften Brettern auf Wände und Fenster seines Hauses eingeprügelt, um es aus dem Erdreich freizulösen, zu kippen und in die Nacht zu kegeln, hügelab, Richtung Muckross, in den Atlantik hinein. Die schweren, graublauen Schieferplatten, sogenannte »Bangor Blues«, mit denen das Dach gedeckt ist, heben an zu orgeln, vielstimmig pfeifen die Regenrinnen, ein Chor, der sich einsingt. Wer will sich hier Gehör verschaffen? Die Haustür klappert, als begehre jemand Einlass. Stundenlang wälzt er sich hin und her, wartet darauf, unter dem abgedeckten Dach im Freien zu liegen, über sich das aufgespannte Sternenfirmament.

Als er im Morgengrauen erwacht, ist sein Haus verstummt, der Wind nichts als ein Flüstern, Wispern, Hauchen, da knarzt leise ein Balken, dort dengelt verschämt ein Blech, sonst ist es angenehm still.

//

Er hat das Haus mitsamt Mobiliar gekauft, mit Möbeln, Teppichen, Bildern, Töpfen und Pfannen, Geschirr, Besteck, Gläsern: Helen und Richard haben nur ihre persönlichsten Dinge auf ihre lange Flugreise nach Tasmanien mitgenommen. Die Möbel, die in seiner gemieteten Wohnung in der Schweiz standen, hat er verkauft oder verschenkt. In einigen Tagen wird er erfahren, dass die Kisten mit seinen Büchern, Schallplatten, CDs und Kleidern in den englischen Midlands in einer Lagerhalle darauf warten, dass ein Laster voll genug beladen ist, dass sich die Fahrt nach Irland lohnt. Wie sich herausstellt, wird er fünf Monate auf seine Sachen warten müssen. Und so lebt er wie in einem Ferienhaus inmitten fremder Möbel, schläft in einem fremden Bett mit fremdem Bettzeug, legt seinen Kopf auf fremde Kissen, betrachtet fremde Bilder, kocht in fremden Töpfen und Bratpfannen, trinkt aus fremden Gläsern, isst von fremden Tellern an einem fremden Tisch – und genießt es. Selbstverständlich hat er die Schweiz auch verlassen, um seine kleine Welt auf den Kopf zu stellen. Grenzen, vor allem die, die er sich und anderen selbst gesetzt hat, sollen sich auflösen, und damit gleichzeitig Konventionen, die ihn in trügerischer Sicherheit wiegten. Was wir verstanden haben, ist verloren, glaubt er zu wissen, ist Gewissheit und Gewohnheit, verloren eben.

Schreiben wird er im Spielzimmer der Mädchen im oberen Stock, das über der abfallenden Wiese schwebt und dessen Lukarne nichts als einen Himmelsausschnitt zeigt, an dem Tisch aus Kirschholz, der in der Küche stand und an dem seine Vorgänger aßen. In den oberen Stock geschafft hat er den Tisch mit Hilfe des Briefträgers George, mit dem er jeweils eine Zigarette raucht, wenn er den grün gestrichenen Briefkasten der irischen Post »An Post« leert, der in die Mauer eingefügt ist, die das ehemalige Schulhaus von der Straße trennt. George ist der ideale Gesprächspartner, um sich an den weichen melodiösen Dialekt Donegals zu gewöhnen, der nichts mit dem verkniffenen Englisch zu tun hat, das die Lehrerin in der Berufsmittelschule ihm beigebracht hat. Als junger Mann arbeitete George in Liverpool auf Baustellen, danach entlud er für sieben Jahre in Boston Flugzeuge: *Seven years with them yanks is plenty!* Der einzige Schweizer auf Georges Tour ist er nicht: *Eight blow-ins it is in all I'm bringing the mail.* Drei Deutsche, zwei Holländer, eine Französin und zwei Schweizer. *Blow-ins!* Was für ein schönes Wort für Zugezogene, vom Wind ins Land Getragene. George sieht ihn prüfend an und nickt verständnisvoll, als er seinen Vorschlag ablehnt, einen der anderen Fremden kennenzulernen. Er ist nicht nach Irland ausgewandert, um sich mit *blow-ins* zu treffen oder gar zu verbrüdern. Im Lauf der Jahre wird es allerdings nicht ausbleiben, einigen von ihnen zu begegnen, der frustrierten Lehrerin aus Ostfriesland, die alles besser weiß, nach dreißig Jahren in Irland noch immer einen furchterregend deutschen Akzent hat und über ihren Lebenspartner herzieht, sobald er den Raum verlässt, der Frau aus Paris, die der Regen in Depressionen treibt, dem Holländer, der die Iren verachtet, wie er unablässig versichert, und es doch nicht schafft, nach Amsterdam zurückzuziehen, der Schweizerin, die in Tränen ausbricht, wenn sie von ihrem Geburtsort Hombrechtikon redet. Er trifft einen Mann aus Olten, der im neuen Range Rover in weißem Leinenanzug auf die Baustelle seines angeberischen Hauses bei Mountcharles fährt und sich allen Ernstes wundert, dass ihn die irischen Arbeiter über den Tisch ziehen. Ein Paar aus Basel lobt Irland in ihrem teuer renovierten Cottage in Inver, bis Winterstürme über Donegal ziehen, sie schlagartig kein gutes Haar mehr an Irland lassen und fluchtartig in die Schweiz zurückziehen. Er geht anderen *blow-ins,* denen er zufällig begegnet, konsequent aus dem Weg, indem er seine Herkunft verleugnet, und George hört bald auf, von anderen Zugezogenen zu erzählen, wenn sie zusammen rauchen. Sie reden ohnehin wenig, stehen qualmend nebeneinander, schimpfen über den Regen, Man United, spötteln über den neu eröffneten Aldi, loben die EU, Liverpool, die irische Präsidentin Mary Robinson und das indische Lokal in Donegal Town, obwohl George das scharfe Curry zu schaffen macht: *It sets my fuckin' hole on fire, let me tell you!*

//

In einer schweren Schiffstruhe mit Metallecken, die in seinem neuen Arbeitszimmer steht, findet er die Spielsachen, welche die Mädchen zurücklassen mussten, und zwei Fotoalben, die offensichtlich Father Connolly gehörten, der die Four Masters National School vor Helen und Richard besessen hatte, wie er von Nachbarn erfuhr. Father Connolly hatte die Schule bis 1951 besucht. Von ihrer Schließung 1972 erfuhr er in Connecticut in Neuengland, wo er als katholischer Pfarrer einer Gemeinde vorstand. Father Connolly kaufte das Schulhaus, ließ den zweiten Stock einziehen, einen geräumigen Küchenanbau mit Flachdach, acht Fenstern und zwei Außentüren aufmauern, zwei Gästebäder und eine Zentralheizung einbauen und verbrachte bis zu seinem Tod im Jahr 1993 viele Ferientage in Donegal. Die Fotos, die meisten schwarzweiß, sind beredte Zeugnisse ausgelassener Feste in der ehemaligen Schule; oft sind Nonnen abgebildet, die sich in der Gesellschaft des Pfarrers offensichtlich pudelwohl fühlten, andere Bilder zeigen ein Entenpaar, das, so die Nachbarn, auf der Schulwiese lebte, sowie einen arg verbeulten, links gesteuerten silbernen Buick, einen amerikanischen Straßenkreuzer mit ausgeprägten Heckflossen – ein Amischiff, wie solche Autos in seiner Jugend genannt wurden.

//

Irgendwann ersetzen unsere Erzählungen über das, was wir erlebt haben, unsere Erinnerungen daran.

//

An seinem dritten Tag in Donegal klingelt es an der Haustür, was er erst nach einer Weile realisiert, da er die schrille Glocke zum ersten Mal hört. Vor der Tür steht ein etwa zehnjähriges Mädchen, das ihm schüchtern und wortlos einen Umschlag entgegenstreckt und ihn mit offenem Mund anstarrt. Lächelnd nimmt er den Umschlag entgegen und will sie hereinbitten, doch das Mädchen hat sich bereits wieder umgedreht und rennt davon, als sei der Teufel hinter ihm her. Am Küchentisch liest er den Brief, den das Mädchen geschrieben hat, wie die Kinderschrift nahelegt:

Lieber Nachbar
Du bist der erste Schweizer, den wir kennenlernen.

Herzlich willkommen in Irland und in Copany!
Herzlich:
Gerry, Eileen, Margaret, Ronan und Bernadette

Sechs Jahre später wird Bernadette ihn nach seiner Meinung zu ihren Geschichten fragen, die sie ihm zum Lesen bringt; nach dem College beginnt sie für eine Lokalzeitung zu schreiben. Am Tag nachdem sie ihm den Brief überreicht hat, steht ihre Großmutter Margaret vor der Tür: Die über Achtzigjährige hat sich an Stöcken auf den langen Weg zu ihm gemacht, weil sie den Fremden kennenlernen will, der jetzt in der Schule lebt, die sie als Mädchen besuchte. Der wache Schalk in den Augen der alten Frau, die kaum mehr etwas sieht, wie sie ihm erklärt, nimmt ihn sofort für sie ein; sie trinken Tee im Wohnzimmer, und ihm wird erneut bewusst, wie wenig ihm sein Schulenglisch in Donegal helfen wird. Margaret erzählt ihm, dass die Four Masters National School aus einem Raum bestand, der durch eine faltbare Wand in je ein Klassenzimmer für Mädchen und Jungen unterteilt wurde; sie sitzen im Wohnzimmer, damals das Mädchenzimmer, Margaret zeigt ihm die Stelle am Kamin, an der ihr Pult stand, was in einer Schule, die vom Torf beheizt wurde, welchen die Schülerinnen und Schüler mitbrachten, zumindest ein bisschen Wärme bedeutete. Für ihre Lehrer hat Margaret kein gutes Wort übrig; einer, dessen Namen sie nicht aussprechen will, schlug mit der Reitgerte auf ihre Finger, sie hört das Sirren noch heute, wenn sie im Bett liegt und sich an ihr Leben erinnert. Dieser Lehrer ließ sie im Winter zur Strafe stundenlang ohne Jacke, Mütze und Handschuhe vor der geschlossenen Tür stehen und die Gedichtzeilen wiederholen, die sie fehlerhaft vorgetragen hatten.

Später zeigt ihm Margaret, wie er Tee kocht, den auch Einheimische mögen, derjenige, den er serviert hat, ist ungenießbar, weil zu dünn und zu schwach. Im Gegenzug führt er ihr seine kleine, achteckige italienische Caffetièra vor, ein Gerät, das sie noch nie gesehen hat. Den Duft, der sich im Küchenanbau ausbreitet, in dem Margaret als verheiratete Frau an Festen von Father Connolly gekocht und serviert hat, als der heiße Kaffee aus dem Kessel durch das Steigrohr in das Kannenoberteil schießt, liebt sie; getrunken hat sie Kaffee in ihrem Leben erst ein halbes Dutzend Mal, wie sie lächelnd gesteht, an Hochzeiten, Beerdigungen. Obwohl es kurz nach fünfzehn Uhr ist, dunkelt es bereits rasch ein, und da es begonnen hat, sachte zu schneien, kann er sie überreden, sich von ihm nach Hause fahren zu lassen. Nachdem sie die öffentliche Telefonzelle am Ende der abfallenden Landstraße, die nach Leghawney führt, passiert haben, dirigiert Margaret ihn in einen *dirt track*, der bestimmt eine Meile durch unwegsames, wildes Heideland führt, in Irland *bog* genannt, und vor einem windschiefen, heruntergewirtschafteten Farmhouse endet. Das Dach des Stalls ist eingesackt, eine hüfthohe Mauer, gesprengt von den Wurzeln eines Efeus, eingestürzt; im Schweinekoben liegt Unrat. Die Brombeeren, die die landwirtschaftliche Maschine neben dem Haus überwuchern, haben einzig den Sattel aus gelochtem Eisen verschont. Im Haus bellt ein Hund, Kühe muhen. Die Schafe, die sich in einer Senke zwischen zwei

Hügeln aneinanderdrängen, hält er im ersten Augenblick für Schnee, doch es schneit zu zögerlich, als dass er liegenbliebe. Er hilft Margaret aus dem Wagen, schiebt aber einen Termin in Donegal vor, als sie ihn ins Haus bittet. Es ist ihm zu viel, Margarets Sohn Gerry, dessen Frau Eileen und ihre Kinder Aidan und Bernadette jetzt zu begrüßen, aber er verspricht, in den nächsten Tagen bei ihnen vorbeizuschauen. Der Schlamm auf dem *dirt track* ist gefroren; hinter dem Wassergraben, gesäumt von fahlem Röhricht, sitzt ein Hase mit aufgerichteten Löffeln, reglos, als mache er sich damit unsichtbar. Die Wiesen, durchsprengt von Heidekraut, Rhododendren und Farnen, verschwimmen in der Dämmerung, welche die Berge am Barnesmore Gap bereits zum Verschwinden gebracht hat, in einigen Häusern im Talkessel brennen Lichter, in der eiskalten Luft liegt das Sausen des Windes, der die Schneeflocken waagrecht über die Heide treibt und seinem Auto kleine, harte Schläge versetzt.

//

Am 4. November fährt er über den Barnesmore Gap nach Ballybofey, um sich zu seinem neununddreißigsten Geburtstag im Kee's Hotel ein Abendessen zu gönnen. Für die siebzehn Meilen braucht er eineinhalb Stunden: Da es weder Straßenlampen noch reflektierende Katzenaugen noch einen Mittelstreifen gibt, hat er Mühe, sich zu orientieren; es schüttet wie aus Eimern, als solle die Welt unter Wasser gesetzt werden; in der Klamm steht Nebel, sein Auto wird von Windschlägen getroffen, die ihn von der kurvenreichen Straße zu werfen drohen. Er klebt an der Frontscheibe, hält das Steuerrad mit beiden Händen umklammert und tastet sich im Schneckentempo durch eine Dunkelheit, wie er sie in der Schweiz nicht kennt. In ein paar Tagen wird er feststellen, dass die Passstraße nach Ballybofey an bewohnten Häusern vorbeiführt, in denen Menschen leben, aber in dieser Nacht scheint es nicht ein Licht an der Strecke zu geben, kein Auto kommt ihm entgegen, kein Auto fährt in seine Richtung. Es ist, als gleite er ins schwarze Nichts, einen tiefen Raum, aus dem seine Scheinwerfer für Augenblicke Einzelnes herausheben, um es ihm zu präsentieren, damit er sich später daran erinnert: ein vom Wind in die Waagrechte gezwungenes Gehölz; ein Schaf, gezeichnet mit einem blutroten Markierungsstreifen, in dessen Zottelfell Zweige und Köttel hängen; Felsen mit Kappen aus Moos; ein umgesunkener Stall; eine Marienfigur, davor eine leere Steinvase; ein von Kugeln durchsiebtes Straßenschild, auf dem ein rätselhafter Name steht: Castlederg, und darunter Caisleán na Deirge.

Als hinter Regenschleiern endlich verschwommen Lichter der Häuser von Ballybofey auftauchen, hämmert er vor Erleichterung mit beiden Fäusten aufs Steuerrad ein. Der Ort ist menschenleer, Wind fegt Müll vor ihm her, als weise er ihm den Weg zu seinem Mahl. Er fährt an Pubs vorbei, hinter deren Fenstern Licht glimmt, an geschlossenen Läden, einem Einkaufszentrum mit gespenstisch leerem Parkplatz, den Rängen und Flutlichtmasten eines Stadions, in welchem, das lernt er später, die Finn Harps in der obersten irischen Fußballliga spielen.

Ballybofey hat den abgelebten Charme einer Kleinstadt der sechziger Jahre, und er versucht sich vorzustellen, in welchem der Lokale er regelmäßig einkehren würde, wenn er hier lebte.

Kee's Hotel steht kurz vor der Abzweigung nach Letterkenny und gehört bereits zum Städtchen Stranorlar. Führe er geradeaus weiter, erreichte er nach wenigen Meilen in Strabane die nordirische Grenze. Weshalb er sich ausgerechnet für die Geschichte Strabanes interessiert, liegt wohl an dem *hiring fair,* dem Vermittlungsmarkt, der in dem Ort bis 1938 stattfand und auf dem protestantische Farmer kräftige katholische Mädchen und Jungen aussuchten, welche gegen Kost und Logis, aber ohne Entgelt für sie schuften durften – genau wie sein Vater, der als Verdingkind ins Emmental verschickt wurde. Während des Nordirlandkonflikts, der »Troubles«, lebten in Strabane vor allem Katholiken; die IRA hatte in den siebziger Jahren den Pub für Protestanten, der auch Soldaten der britischen Armee bediente, sowie große Teile des Ortes in Schutt und Asche gebombt. Mehr Arbeitslose als in Strabane gab es damals nirgends in Westeuropa, fünfzig Prozent der männlichen Einwohner waren ohne Job. Die nordirische Polizei RUC zwang Katholiken Tag für Tag grundlos, auf der Straße Schuhe und Socken auszuziehen. Im Jahr 1985 wurden die Jugendlichen Michael und David Devine und Charles Breslin vom Special Air Service erschossen, als sie bei Tagesanbruch ein Feld durchquerten. Sie waren bewaffnet und kehrten entweder von einem fehlgeschlagenen Hinterhalt zurück oder schmuggelten Waffen für die IRA. Der SAS eröffnete das Feuer von einer Anhöhe aus mit Maschinengewehren, ohne die drei Jugendlichen zu warnen, die nicht zurückschossen; die Hälfte der hundertsiebzig Schüsse, die die SAS abgab, traf. Der älteste Erschossene war zweiundzwanzig, der jüngste sechzehn; die Eltern der Brüder Devine gaben an, nicht gewusst zu haben, dass ihre Söhne Mitglieder der IRA waren, und verweigerten ein Begräbnis mit militärischen Ehren, bei welchem der Sarg, bedeckt mit der irischen Flagge, auf welcher Handschuhe und Mütze des Toten liegen, durch die Straßen zum Friedhof getragen wird. Charles Breslin wurde diese paramilitärische Ehre von der RUC verboten: Auf seinem Sarg durfte zwar die Flagge, nicht aber seine Mütze und Handschuhe liegen.

Der Efeu, der die Hotelfassade bedeckt, schillert im Licht verborgener Spots, Wind fährt darüber hin wie eine Hand durch nasses Fell. Die dreißig Meter vom Parkplatz bis zum Hoteleingang reichen, ihn bis auf die Haut zu durchnässen. Allein sitzt er im Speisesaal, im Kamin brennt ein Feuer. Er bestellt Lachs und als Hauptgang Irish Stew, ohne zu ahnen, dass er den Geruch von Lachs und Lammfleisch in wenigen Wochen nicht mehr wird riechen können. Nach drei Gläsern bulgarischem Rotwein ist er angetrunken und nimmt ein Zimmer; die Abneigung, noch einmal durch diese Dunkelheit zu fahren, ist zu groß. An der Bar trinkt er den ersten Hot-Whiskey seines Lebens – und gleich den zweiten. Der Barkeeper, er ist bestimmt siebzig, hat schlechte Zähne und tätowierte Handrücken und Finger, fragt ihn, woher er stammt, hört unkonzentriert zu und erzählt ihm dann eine lange, abenteuerliche Geschichte, die in Belfast beginnt, wenn er ihn richtig versteht, über Tunis und Beirut nach Paris, Derry und schließlich nach Ballybofey führt. Der Mann redet nicht, er trällert, er singt, die rhythmisch auf- und absteigende Melodie seiner Schachtelsätze gibt ihm das Gefühl, angekommen zu sein – ohne zu wissen, wo. Sein Englisch ist nicht schlecht, trotzdem versteht er kaum die Hälfte. Es wird sechs Jahre dauern, bis er die meisten Dialekte der sechsundzwanzig Countys der Republik Irland nach wenigen Sätzen unterscheiden kann. Als er zahlt und den offerierten Jameson in einem Zug trinkt, lässt ihn der Barkeeper wissen, dass er in Belfast in der Lisburn Road über einem Take-away gewohnt hat, und dass es in seiner Wohnung Tag und Nacht nach den gebratenen Enten roch, die im Schaufenster des Chinesen baumelten: *Them fucken' birds looked like firewood!* Dass dem Mann der Ringfinger der linken Hand fehlt, fällt ihm auf, weil er mit ihr das Hemd glattstreicht, während er erzählt.

Das Zimmer, in dem er übernachtet, ist überheizt und geht auf einen Hinterhof, in dem sich die ganze Nacht, so zumindest scheint es ihm, Katzen um Küchenabfälle aus dem Container streiten. Gerädert sitzt er am nächsten Morgen mit brummendem Schädel allein im kalten Frühstücksraum und begreift, dass ein Ulster Fry – Spiegeleier, Würstchen, Champignons, Bratkartoffeln, Speck, weiße Bohnen und Blutwurst – einen Kater zwar nicht vertreibt, aber in Schach hält. Dass ein *hair of the dog,* ein Glas Bier auf nüchternen Magen am Morgen nach einem Saufgelage, jeden Kater auslöscht, wird ihm ein irischer Schriftsteller, der auf seinen »Binge-Drinking«-Sessions oft tagelang verschwindet, erst in drei Jahren beibringen.

//

Er sitzt am Küchenfenster Richtung Nord und betrachtet die Blue Stack Mountains, die fortwährend Gestalt und Farbe ändern, zurücktreten oder näher rücken, an manchen Tagen zu schweben, an anderen tief in die Erde gerammt zu sein scheinen, einladend glühen oder abweisend funkeln. In einem gewissen Licht erinnern sie ihn an die Berge seiner alten Heimat, oft wirken sie wie harmlose Hügel, die eine Felskrone tragen. Am besten gefallen sie ihm, wenn es geschneit hat, die Sonne den Schnee aufgleißen lässt und sie majestätisch und unberührbar über der Heide thronen. Er ist gefesselt vom Schauspiel, welches die Natur aufführt, ohne sich um Zuschauer oder Applaus zu scheren.

//

Der untersetzte Garda, der ihn am Empfang der Polizeiwache in Ballyshannon abholt und in ein fensterloses, mit Akten vollgestopftes Büro bittet, erst zwei Stühle freiräumen muss, damit sie sich an den kleinen und wie sich herausstellt wackligen Tisch setzen können, verwickelt ihn sofort in ein Gespräch über das Leben in der Schweiz und die Existenz als freier Schriftsteller, will wissen, wie er mit Regen und Wind zurechtkommt, was er vom irischen Essen hält, ob er Schaffleisch, Lachs und Guinness mag und empfiehlt ihm das Harvey's Point am Lough Eske, das von Schweizern geführt wird. Die Befürchtung, die Aufenthaltsbewilligung zu erhalten, könnte sich als schwierig herausstellen, erweist sich als unbegründet: Nach zehn Minuten hält er den grünen Ausweis in Händen; der Garda drückt den Stempel für sein erstes Jahr in der Republik Irland in das dafür vorgesehene Feld, schüttelt ihm begeistert lachend die Hand, um ihn in Donegal willkommen zu heißen, und behauptet, dass er sich schon auf den nächsten November freut, wenn er seinen zweiten Stempel abholt.

//

In der sechsten Nacht zieht er aus dem großen Schlafzimmer unter dem Dach, in dem es keine Heizung gibt, ins Erdgeschoss, vertrieben von der Kälte, vom Trommeln des Regens, Heulen des Windes, Dengeln und Klappern der Dachrinnen, Kratzen, Scharren, Schurren irgendwelcher Tiere auf dem Dachboden oder in den Wänden. Aber auch im ebenerdigen Zimmer zur Straße, früher das Kinderzimmer der älteren Tochter von Helen und Richard, liegt er wach, weil er auf ungewohnte und darum verdächtige Geräusche achtet und zusieht, wie die Scheinwerfer vorbeifahrender Autos von Wand zu Wand springen; was hat jemand um diese Uhrzeit in dieser gottverlassenen Gegend zu suchen? Nach zwei weiteren schlaflosen Nächten zieht er erneut um, ins Zimmer der jüngeren Tochter auf der Gartenseite, das er vom anderen Morgen an »Krähenzimmer« nennt, und in dem er in den zweiundzwanzig Jahren, die er in dem ehemaligen Schulhaus leben wird, nur Gäste einquartiert, die er als Freunde bezeichnet. Alle anderen bringt er im Zimmer zur Straße unter.

//

Schläfrig steht er nach der ersten Nacht im Erdgeschoss am Fenster, endlich hat er tief und fest geschlafen, und sieht fünf Krähen, die dicht beisammen im Kreis stehen und sich offensichtlich angeregt austauschen. Wird er Zeuge eines konspirativen Treffens in seinem Garten? Die Krähen bewegen die Schnäbel, ihr Krächzen aber hört er nicht; öffnet er das Fenster, schreckt er sie auf. Mehrere Minuten steht er am Fenster und sieht zu, wie der Wind ihre blauschwarzen Federn sträubt und zaust, sie an der Stelle trippeln, als müssten sie einem Argument Nachdruck verleihen, aufgebracht die Flügel regen und die Schnäbel recken, sich einander zu- und voneinander wegneigen, zustimmend mit den Köpfen nicken oder verneinend aufstampfen, da schauen sie plötzlich in seine Richtung; etwas hat sie alarmiert, für das er nicht das Gehör besitzt. Sie betrachten ihn mit aufgesperrten Schnäbeln, als warteten sie auf seine Reaktion, dann erheben sie sich wie auf Kommando flatternd in die Luft und fliegen mit kraftvollen Flügelschlägen Richtung Blue Stack Mountains davon.

Die nächste Zeit schläft er im Krähenzimmer, träumt öfter, länger und rätselhafter als je zuvor in seinem Leben. Wenn er aufgestanden ist, beobachtet er die fünf Krähen, immer sind es fünf, die sich an vier, oft fünf Tagen die Woche in seinem Garten einfinden, um zu debattieren, wenn er nur wüsste, worüber, und sich nicht daran zu stören scheinen, dass er längst das Fenster aufmacht, um ihrem Krächzen und Knarzen zu lauschen, als verstehe er es. Er weiß, Krähen suchen die Nähe des Menschen; wo immer wir auch hinkommen, sind sie bereits dort. Unsere Geschichte geschieht unter ihrer Beobachtung.

//

Sein Grundstück ist hundertvierzig Schritt lang und sechsundfünfzig breit, er hat es abgeschritten. Vier der fünf Eschen Richtung Norden an der Grenze zu einer von Gerrys vielen Viehweiden sind offensichtlich krank, weil sie falsch geschnitten wurden, dennoch wird er sich erst in drei Jahren dazu durchringen können, sie zu fällen. Die Sträucher und Rhododendren an der Ostgrenze seines Grundes sind so dicht, dass sie die Schafe seines Nachbarn Patsy fernhalten; gegen Westen steht die Schulhausmauer mit dem öffentlichen Briefkasten, Richtung Süden geht der Blick an klaren Tagen über eine weitere von Gerrys Weiden bis hin zu den Bergen von Leitrim, die als schadhaftes Gebiss in den Himmel wachsen.

Er liebt die Natur und ihren Drang, sich auszubreiten, zu wuchern, zu verschlingen, von Menschen angelegte Gärten dagegen sagen ihm nichts, er fühlt sich von ihnen gemaßregelt und manipuliert; er zieht eine Feldblume jeder Zuchtrose vor. Er wird sein Grundstück nicht gestalten, wird keinen Garten anlegen, einzig einen Kräutergarten im Windschutz des halbzerfallenen Außengebäudes, und einen langen, schmalen Kartoffelacker. Das Gras schneidet er nur zweimal im Jahr, dafür legt er mit der Sense Wege frei, die zu den Stellen führen, an denen er Sitz- und Leseplätze eingerichtet hat. Kein

Garten, nein, ein Stück Natur, vor seinem Eingriff verschont. Insekten aller Art, das zeigt sich bald, wissen zu schätzen, dass er das Gras hoch stehen lässt und Unkraut Raum gibt.

//

Das erste Mal war er 1991 in Irland gewesen; ein befreundeter Fotograf hatte ihn gefragt, ob er Zeit habe, für einen Journalisten einzuspringen, der an einem Alkoholproblem litt, für eine Woche nach Dublin zu fliegen und eine Reportage über die neue Rockmetropole der Welt (so der damalige Chefredakteur des Magazins) zu schreiben. Der Flug der Aer Lingus ging über Manchester, sie saßen in der hintersten Reihe, tranken Whiskey und rauchten eine Zigarette nach der andern; eine Erinnerung, die ihm unglaublich erscheint, jedoch ebenso wahr ist wie die Tatsache, dass sie das Flugzeug in Dublin nicht durch ein Fingerdock, sondern über eine Metalltreppe ohne Dach verließen, obschon der Wind den kalten Regen waagrecht über die Rollbahnen wehte. Auf dieser Treppe stieg ihm ein Geruch in die Nase, der ein Heimweh in ihm auslöste, das er zwar nicht verstand, ihn jedoch zu Tränen rührte. Er blieb stehen, packte den Fotografen am Arm und sagte ohne nachzudenken: »Hier riecht es wie an dem Ort, an dem ich leben möchte!« Was ihn zu diesem Satz trieb, sollte er erst Jahre später verstehen: Der Torfgeruch schlug eine Duftbrücke ins Reich seiner Kindheit in Oberösterreich, ins Haus seiner Lieblingstante Fanny und seines Lieblingsonkels Johann, die ihre Öfen mit

Torf einheizten. Der Geruch der glimmenden, zart räuchelnden Soden bedeutete Heimat. Auf der Metalltreppe am Flughafen Dublin roch es wie im Paradies seiner verlorenen Jugend. Hier wollte er bleiben, hier wollte er von nun an leben.

Sie wohnten im Central Hotel an der Exchequer Street, direkt hinter der George's Street Arcade mit ihren Hippiemode-, Schallplatten- und Schmuckläden, wenige Gehminuten von der Einkaufsmeile Grafton Street mit ihren Straßenmusikern und Temple Bar entfernt, welches damals kein Amüsierviertel mit schicken Restaurants, Clubs, Pubs und Galerien war, sondern ein heruntergewirtschaftetes Areal mit ehemaligen Lagerhallen, Werkstätten und Fabrikgebäuden, in denen es billige Wohnungen, Ateliers und Übungsräume für Bands gab. Sie redeten mit Musikern, ihren Managern und Produzenten, fotografierten eine Punksängerin in ihrer Sozialwohnung im Norden der Stadt, eine Band in einem verwunschenen Garten, eine andere in einer Gasse hinter einem Aufnahmestudio, waren bei Proben dabei, besuchten Konzerte, die Weltpremiere des Films *The Commitments*, sahen David Bowie in einem Fahrstuhl, Bob Geldof auf der Straße und wurden in einem Pub aufgefordert, ein Lied zu singen oder sich auszuziehen, weil sie bei einer Session fotografiert hatten, ohne um Erlaubnis zu bitten; er hatte seine Jeans fallen gelassen, als der Fotograf sich eine Gitarre geben ließ und »S'Ramseiers wei go grase« anstimmte. Er hatte jede Minute in Dublin genossen, selbst Regen und Wind, und fühlte sich so wohl wie noch nie in einem Land, doch dass er alles daransetzen würde, tatsächlich nach Irland auszuwandern, beschloss er erst am letzten Abend ihrer Woche in Dublin: Sie saßen mit den Musikern von The Pale auf der anderen Seite der Liffey in einem Pub, über dem die Band probte, tranken Guinness, aßen Fish and Chips aus einem Imbiss gegenüber, drückten Rocksongs in der Jukebox, blödelten herum, redeten über dies und das. Noch Jahre später fragte er sich, was letztlich den Ausschlag gegeben hatte. Jedenfalls stand es plötzlich fest, als sei ein Schalter umgelegt und ein Licht angezündet worden; er würde nach Irland auswandern. Lag es daran, dass der Wirt, eine halbe Stunde, nachdem er die letzte Runde eingeläutet hatte, die Rollläden herunterließ, die Tür des Pubs verschloss, das Licht ausmachte, die Lichtergirlande über der Bar und Kerzen anzündete, ein Akkordeon aus dem Hinterzimmer holte und alte irische Balladen sang? Oder daran, dass die Mitglieder der Band mit einem Mal ohne Eitelkeit über ihr Leben als Profimusiker redeten? Dass ein alter Mann irgendwann aufstand und ein Gedicht von W.B. Yeats vortrug? Eine Frau »Danny Boy« sang? Alle plötzlich tanzten? Der Fotograf, den er seit vielen Jahren kannte und von dem er doch nichts wusste, offen über seine Eheprobleme redete? Oder lag es daran, dass das Wasser der schmutzigen Liffey mit Kupfer beschlagen war, als sie im Morgengrauen über die Brücke zum Hotel zurückgingen? Am Torfduft, der in der Luft hing, am Licht, zauberweich gefiltert vom Niesel, an der Malzwolke, die aus den Schornsteinen der Guinness-Brauerei in den zementgrauen Himmel stieg? Oder an den Arbeitern in Lederschürzen, die Bierfässer von einem Laster hoben und über das Pflaster zu einem weiteren Pub rollten, aus dessen Tür andere Gäste traten, trunkselig, bei sich und doch verloren? Das Land, in dem er leben wollte, das wusste er an jenem Maimorgen 1991 mit absoluter Sicherheit, war Irland.

//

Am elften Tag in Irland setzt er sich in seinem neuen Arbeitszimmer das erste Mal an seinen neuen Schreibtisch. Wind rüttelt am spitzen Giebeldach der Lukarne, Böen treffen die Ostfassade seines Hauses, hinter der er sitzt, greifen unter die Ziegel des Daches, als wollten sie es hochheben und davontragen. Wenn er könnte, würde er über das Natur- und Lichttheater schreiben, das jeden Tag mit seinem Schauspiel aufwartet, oder die mitgehörten Pub-Dialoge ins Reine schreiben; stattdessen tippt er aus heiterem Himmel den Namen »Lindiwe Mathabane« in die Tastatur des Laptops, setzt gedankenverloren den Titel »Der Klotz« darüber und phantasiert sich nicht nur in eine nahe Zukunft, sondern auch nach London.

Der Klotz

Lindiwe Mathabane trat aus dem »Kadaver«, wie das Ministerium von den Mitarbeiterinnen und Mitarbeitern unterer Chargen insgeheim genannt wurde, und reihte sich in den Strom Werktätiger, die in der City arbeiteten, aber nicht dort lebten und über die Chelsea Bridge zum Commuter-Terminal der Chelsea Barracks strebten. Sie musste sich beeilen, ihr Bus fuhr in knapp zwanzig

Minuten, und wenn sie ihn verpasste, blieb ihr nichts anderes übrig, als zwei Stunden auf den nächsten zu warten. Für die Strecke bis zu ihrem Apartment in Hackney Downs brauchte sie, je nach Laune des Personals an den Checkpoints, zwischen einer und zwei Stunden. Lindiwe hatte sich vorgenommen, die letzte Zigarette des Tages jeweils erst anzustecken, wenn sie in der Sigdon Road auf den sechzehnstöckigen Sozialbau zuging, in welchem sie seit drei Jahren wohnte und den in Hackney alle »The Clunk« nannten; heute schaffte sie es nicht. Niloufar, ihre iranische Vorarbeiterin, hatte ihr für die nächsten drei Wochen keine einzige Nachtschicht gegeben, wahrscheinlich, weil sie den Fehler gemacht hatte, ihr zu erzählen, dass sie viel lieber nachts arbeite. Sie kramte die Zigaretten aus ihrer Tasche und blieb stehen, um sie anzuzünden, dabei drückte sie sich, um den Strom der erschöpften Werktätigen nicht zu stören, an das Gitter, das die Fahrbahn der Lieferroboter vor Übergriffen schützte. Mittlerweile gab es Bußen und Strafpunkte, wenn man sie trat, beschimpfte oder anspuckte; attackierte man sie oder warf sie in die Themse, was in den ersten Monaten nach ihrer Einführung häufig vorgekommen war, landete man für mehrere Monate im Gefängnis. Seit dem Verbot der Verbrennungsmotoren war die Luft verblüffenderweise noch schlechter geworden. Sie rauchte die Zigarette bis zur Hälfte und ließ sie fallen, obwohl das ebenfalls Strafpunkte kostete. Fuß vor Fuß setzend, blind für das Heer, dessen Teil sie war, trieb sie über die Brücke. Während sie das Security Gate der Chelsea Barracks passierte, bemerkte sie, dass der Commuter nach Hackney Downs fahrerlos war; ihr waren die alten Busse mit Fahrer lieber, obwohl sie im Sommer nicht gekühlt und im Winter nicht geheizt waren, dafür hatten sie drei Reihen Sitzplätze, von denen man sich mit etwas Rücksichtslosigkeit einen ergattern konnte. In den neuen fahrerlosen Bussen gab es nur Stehplätze und Sehschlitze anstelle von Fenstern.

Lindiwe stand bei der vorderen Tür zwischen einem Mann, der nach Essig roch, und einer jüngeren Frau, die sich immer wieder mit dem Zeigefinger über die Oberlippe strich und dabei verträumt lächelte. Nach der Kontrolle am Checkpoint an der aufgegebenen Liverpool Station – Humvees blockierten Zufahrten, Hubschrauber schwebten über ihnen, alles nach Protokoll – kämpfte Lindiwe dagegen, einzuschlafen; tagsüber strengte sie die Arbeit als Reinigungskraft im Ministerium mehr an als nachts. Trotz Kameras und Tracker fanden sich nachts Stellen im Gebäude, an denen sie sich ungesehen ausruhen konnte. Das Rütteln des Busses verhinderte, dass ihr die Augen zufielen. Als sie in Hackney Downs ausstieg und ein automatisches Kehrfahrzeug vorbeiließ, bevor sie die Dalston Lane überqueren konnte, regnete es. Sie war hungrig, erschöpft und durstig. Vor dem Laden, in dem sich früher das Postamt befunden hatte, herrschte das übliche Gedränge, weil der Sikh nicht nur Tabak, Zigaretten, Alkohol und legalisierte Drogen verkaufte, sondern einen Generator besaß, der Ladestationen von Leuten speiste, die sich den Strom nicht länger leisten konnten. Das Ziegelgebäude der ehemaligen Bank war seit mehreren Tagen von einer fundamental-christlichen Gruppe besetzt, im Fenster stand ein Holzkreuz, an dem eine nackte Frauenpuppe hing; erstaunlich, dass das Haus nicht geräumt worden war. Der Pakistani in Designer-Combathose verkaufte seine abgelaufene Tiefkühlkost heute in der ausgebombten Metzgerei; Lindiwe entschied sich für eine Lasagne mit Hackfleisch, obwohl die Packung tropfte und der Mann es nicht fertigbrachte, ihr in die Augen zu sehen.

Die Sprache der Bettlerin, die wütend auf sie einschrie, ein Baby im Arm, verstand Lindiwe nicht, sie wusste noch nicht einmal, was für eine Sprache es war. Um die Feuer, die in Fässern vor dem Eingang ihres Sozialbaus loderten, standen trinkende Obdachlose, die sie in Frieden ließen, da sie nach endlosen Streitereien endlich einen Wachdienst aus Bewohnern des Clunk zusammengestellt hatten, der die Trinker aus dem Haus fernhielt.

Seit Teile des Gesundheitswesens an eine indische Holding verkauft worden waren, konnte sie sich Arztbesuche nicht mehr leisten; sie rauchte höchstens fünf Zigaretten täglich, trank nur am Wochenende und versuchte, auf ihre Ernährung zu achten. Das Gehalt, welches das Ministerium zahlte, war höher als das Grundeinkommen, welches sie über vier Jahre bezogen hatte, sie konnte sogar etwas beiseitelegen, trotzdem überlegte sie, in eines der neuen Boxhouses am Container-Terminal in Stratford zu ziehen, obwohl das M.O.F. ihr aufgrund ihrer finanziellen und gesundheitlichen Fakten, ihrer Ethnie, ihres Alters und ihres Geschlechts den Sozialbau in Hackney Downs als Wohnort nahegelegt hatte. Eine Fünfzehn-Quadratmeter-Box in Stratford kostete siebenhundert Euro, die dreihundert Euro, die sie einsparen würde, brächten sie schneller an ihr Ziel: Virtual-Reality-Ferien in Südafrika zu machen, der Heimat ihrer Großeltern väterlicherseits. Nach einigen Stunden in Durban, woher die Familie ihres Vaters ursprünglich stammte, würde sie zwei Tage in Umhlanga verbringen, im Indischen Ozean baden und Nebel und Niesel in L vergessen. *Wirklich* würde sie es niemals nach Südafrika schaffen, aber sie hatte gehört, dass das VR-Studio in Shoreditch, in dem sie eine Anzahlung geleistet hatte, mit den neusten Sensoren arbeitete und man den Sand und den warmen Wind tatsächlich fühlte.

Die Liftkabine stand mit herausgerissenen Türen in der ersten Etage, schulterhoch mit Müll gefüllt, auf dem ein Katzenkadaver lag. Auf dem dritten Treppenabsatz saß eine junge Frau im Lotussitz und las in einem Buch. Bis Lindiwe vor ihrer Wohnungstür im fünften Stock stand, war sie außer Atem. Das Licht im Flur ließ sie nur brennen, bis sie Kerzen angezündet hatte, dann wärmte sie die Lasagne in der Mikrowelle und aß sie am Fenster sitzend. Auch in den Gärten der Reihenhäuser brannten Feuer in Fässern; die dürren Hecken, die die Grundstücke trennten, waren niedergetrampelt, die Häuser besetzt, zerstört. Sie betrachtete das Treiben, als helfe ihr das, den ranzigen Geschmack des Essens zu ignorieren. Seit das Kindergeld noch mehr zusammengestrichen worden war, wimmelte es von obdachlosen Kindern und Jugendlichen, die aggressiv ans Mitleid der Passanten appellierten. In der Wohnung unter ihr lief wieder so laut Rap, dass ihre Fensterscheibe im mürben Kitt klirrte. Sie machte das Radio an und hörte einem Mann zu, der erläuterte, dass sich der Körper von Selbstmordattentätern, die sich in die Luft sprengten, in Fragmente auflöse, die als winzige Geschosse herumflögen und wie Schrottkugeln in Umstehende eindrängen, die, manchmal erst Monate später, Beulen entdeckten, die von den »organischen Schrapnellen« herrührten. Ziemlich sicher war Lindiwe weit genug entfernt gewesen, als sich der Junge vor acht Tagen am King's Cross in die Luft gejagt hatte; trotzdem zog sie sich aus und tastete noch einmal gründlich ihre Arme und Beine ab, fand aber nichts Verdächtiges. Sie erinnerte sich nur vage an die Explosion, sie sah keine Bilder vor sich, hörte keine Geräusche, auch nicht im Traum.

Sie zog sich an und setzte sich zurück ans Fenster. In einem Garten brach Streit aus, ein Fass wurde umgetreten, Funken stoben hoch, Stimmen wurden laut, Hunde kläfften, immer kläfften Hunde, das Fass, von Stiefeltritten bewegt, rollte durch die Dunkelheit, einen Feuerschweif mit sich ziehend, eine glühende Rakete. Wenn sie sich nicht irrte, hatte sie, am Boden kniend, mit beiden Händen auf dem warmen Asphalt abgestützt, von der Druckwelle umgeworfen, an ihre Eltern und ihre Schwester gedacht, sich dann aber nicht bei ihnen gemeldet. Ihre Mutter lebte in Leeds, ihr Vater in Manchester, ihre Schwester hatte sie vor sieben Jahren das letzte Mal gesehen, in einem Pub bei der Whitechapel Station, damals war die U-Bahn noch in die City gefahren. Ihre Schwester hatte Tee getrunken und geweint, warum, wusste Lindiwe nicht mehr. Auf dem Fenstersims lag die zerknüllte Mahnung des Stromanbieters, ihr Name darauf war falsch geschrieben, Lindiwa Matobane, obwohl sie sich mehrfach deswegen beschwert hatte. Die Obdachlosen hatten es geschafft, das Fass durch die Hecke zu treten, es rollte durch den angrenzenden Garten, begleitet von kläffenden Hunden. Lindiwe Mathabane zog die Gardine zu und legte sich schlafen.

//

Zu den nächstliegenden Stränden – Murvagh sieben, Rossnowlagh neun Meilen entfernt – fährt er anfangs jeden Tag. Oft schluckt der Wind seine Begeisterungsschreie, presst sie ihm zurück in den Mund. Die Sandsicheln sind menschenleer; er geht, das stete, leicht zögerliche, unermüdliche, geduldige und großmütige Zischen der Brandung im Ohr, stundenlang. Es dauert, bis ihm auffällt, dass er seine Schritte dem Atem des Atlantiks anpasst. Was sucht er, was findet er? Wagt er tatsächlich den Neuanfang oder hat er den Rückzug angetreten, indem er ausgewandert ist, bereit aufzugeben, das Bündel Pfeile im Rücken? Mit gesenktem Blick geht er durch die Schätze, die das Meer an die Strände spült, ein Sammler, der sich niemals bückt, die Finger lässt von weißgeschmirgelten Holzstücken, die als Walzähne aus dem Sand ragen, von zertrümmerten Kunststoffbojen und Netzen, in denen sich Shampooflaschen, Damenschuhe, PET-Flaschen und Tang verfangen haben. Der Himmel, hoch, weit, von Wolken leergefegt, aber von Kondensstreifen jener Maschinen zerschnitten, die auf dem Weg in die USA sind, wird zum weiten weißen Strand, wo hat er das bloß gelesen, mit der Freude hingegebenen Völkern.

Nach einer Weile macht er seine Strandgänge vorwiegend am späten Nachmittag, geht in die sich rasch ausbreitende Dämmerung hinein, vor sich am anderen Ufer der Donegal Bay die Berge im Nordwesten, deren Flanken die letzte Glut der Sonne fangen, während das Ocker der von Gerölladern gefurchten Hänge genauso in die Dunkelheit kippt wie das Grün der Wiesen, überwölbt von einem Abendhimmel in zartem Schieferblau. Über dem Meer brodelt Gischt; vom Horizont her, wo die Welt jäh ins Nichts abbricht, wird die Nacht aufs Land zugeschoben. Solange die Sonne untergeht, steht glühendes Feuer an der haardünnen Grenze zwischen Wasser und Luft, angefacht von einem unsichtbaren Blasebalg, Feuer, das urplötzlich erlischt. Dann ist es auf einen Schlag eiskalt und finster, wird das Anrauschen des Meeres bedrohlich, und er macht sich rasch auf den Heimweg.

//

Dass ihm der Mann, der an seiner Haustür geklingelt hat, Kartoffeln verkaufen will, versteht er erst, als dieser sie ihm unter die Nase hält. *Spuds. Stones.* Mit seinem Schulenglisch ist er verloren. Der verbeulte Ford Transit des Mannes starrt vor Dreck, die Frontscheibe hat einen Sprung. Das Mädchen auf dem Beifahrersitz bemerkt er nur, weil er dem Mann, er trägt einen speckig glänzenden, fliederfarbenen Anzug aus Cord und Gummistiefel, zum Wagen folgt, um ihm die fünf Kilo ungewaschener, knollig verwachsener Kartoffeln abzunehmen. An der Wand zur Fahrerkabine hängt ein Gewehr, der Mann wirft ihm einen prüfenden Blick zu, nickt und öffnet eine große Kühlbox voller Fische. *Trout. Cod. Whiting. Salmon.* Einige Tage später bestätigt ihm Gerry, dass James, der von Derry über die Grenze kommt und von Tür zu Tür fährt, um seine Waren zu verkaufen, die Fische wildert und ohne Genehmigung im River Drowes bei Bundoran fängt. Gerry kauft seit langem bei ihm. Die nächsten vierzehn Jahre wird James in unregelmäßigen Abständen bei ihm auftauchen, dann plötzlich nicht mehr. Manchmal hat er Gemüse im Angebot, im Herbst Wild, Hasen, Reh- und Hirschschnitzel, manchmal Muscheln und Austern.

Milch, Butter und Eier lässt er sich, wie die meisten seiner Nachbarn, von einem Mann aus Ballintra ins Haus liefern, ein Service, der in den Boomjahren des »Celtic Tiger« von einem Tag auf den anderen aufhört, obwohl der öffentliche Verkehr in Donegal kein bisschen verbessert wurde und man auf ein Auto angewiesen ist.

//

Um sich an das irische Englisch zu gewöhnen, liest er die *Irish Times,* den *Donegal Democrat* und die *People's Press,* abends sieht er sich die Fernsehnachrichten und den Wetterbericht auf RTÉ an, freitags die *Late Late Show* mit Gay Byrne, der die Talkshow seit 1962 moderiert, und die Sitcom *Father Ted*, die von drei Priestern auf der fiktiven Insel Craggy Island vor der Westküste Irlands handelt. Dass er damit zwar das irische Englisch, nicht aber den Dialekt Donegals besser versteht, wird ihm rasch klar, und er fängt an, sich nach dem Abendessen auf den Weg in einen der zahllosen Pubs des Umlandes zu machen und sich dort an die Bar zu setzen, Smithwick's zu trinken und den *locals* zuzuhören. Die Dialoge, die er erst heimlich in einem Notizbuch aufschreibt und bald mit einem Diktiergerät aufzeichnet, hauen ihn um. Die Pubs, die er auf diese Weise kennenlernt, sind Schreine der Behaglichkeit, sind Verstecke und Höhlen, Stätten der Begegnung, aber auch des still in sich versunkenen Trinkens, Orte der Einkehr und Besinnung. Er liebt den Geruch der Torffeuer, den er unweigerlich in den Kleidern mit nach Hause trägt, gewöhnt sich an klebrige Teppiche, versiffte Toiletten und Pissoirs, an den Gestank kalten Zigarettenrauchs und verschütteten Biers, stört sich weder am Kuhmist an Gummistiefeln trinkender Farmer noch an Aftershave-Schwaden von Bauernsöhnen, die auf Abenteuer aus sind. Er wird in ausufernde Gespräche verwickelt, wiederholt wieder und wieder, woher er kommt und wieso er jetzt hier in Donegal lebt, dass die Schweiz und Schweden wirklich nicht dasselbe Land sind, das irische Bier das beste der Welt ist und er, dies meist erst kurz vor der letzten Runde, niemals in England leben würde, es sei denn, man würde ihn dazu zwingen. In vielen der Pubs, die er regelmäßig besucht, wird er mit Namen begrüßt, freilich nicht mit seinem wirklichen, den kann er keinem zumuten, sondern mit Sean, so heißt er fortan. Er trinkt so viel wie nie zuvor, und um sich zu schützen und zu schonen, gibt er die Gewohnheit, in Pubs an seinem Donegal-Dialekt zu arbeiten, nach einer Weile wieder auf.

//

The Forge, Donegal Town

A
Denkst du in Wörtern oder Bildern?
B
Wer will das wissen?
A
Na ich!
B
Blöde Frage!
A
Also ich denke in Bildern.
B
Kann ich mir vorstellen.
A
Nur. Nie in Wörtern.
B
Selber schuld.
A
Hast du gewusst, dass man die Figur einer Frau
an ihren Ohren ablesen kann?
B
Träum weiter, Noelie!
A
Ohne Scheiß!
B
An ihren Lauschern? Quatsch!
A

Das Ohr ist ein sehr empfindliches Organ,
das kannst du mir glauben, Fonsie!
Na in deinem Fall vielleicht nicht.
Aber sonst. Sehr empfindlich!
B
Und den Charakter eines Mannes
erkennt man an seiner Nase?
A
Mach nur weiter so, Fonsie!
B
Oder an den Füßen?
A
Halt den Mund!
B
Zum Wohl, mein Freund. Auf die Ohren dieser Welt!

//

Da das nächste Lebensmittelgeschäft, der Spar in Laghey, nur zwei Weine verkauft, den süßen Riesling Nacktarsch aus dem Moselgebiet und einen Rotwein aus Rumänien, wird er zum Biertrinker. Auch Oliven, Parmesan, Pelati, dunkles Brot, Mozarella, Kapern oder Frischobst führt der Laden neben vielen anderen Produkten, die er aus der Schweiz gewohnt ist, nicht; das eingeschränkte Sortiment stört ihn so wenig wie die gemütliche Unordnung oder die beschlagenen Fenster des Ladens, der kaum größer ist als eine Doppelgarage: Er erinnert ihn an die Lebensmittelläden seiner Kindheit in der österreichischen Heimat seiner Mutter. Die zwei Verkäuferinnen begrüßen ihn bereits beim dritten Einkauf, als sei er seit Jahren Stammgast, und legen das dunkle Toastbrot für ihn zur Seite. Breiter ist das Sortiment auch in den beiden größeren Lebensmittelläden in Donegal Town nicht, und so fährt er ins fünfzig Minuten entfernte Sligo, sooft ihn nach Oliven, Parmaschinken, Ravioli, einer Flasche Bordeaux oder Gorgonzola verlangt: Cosgrove & Son gibt ihm, Dauerregen, kaltem Wind und Frost zum Trotz, das Gefühl, in einem *negozio* in einer italienischen Kleinstadt einzukaufen.

Ab 1997 wird sich das Sortiment des Spar in Laghey nach und nach ändern; Irlands Wirtschaft boomt, EU-Geldern sei Dank, der keltische Tiger erwacht zum Leben, bald heißt der Spar Eurospar und zieht in einen großen Neubau mit angegliedertem Gartencenter und Imbiss. In Donegal Town wird Super Value hochgezogen, in dem es nichts gibt, was nicht auch in Frankfurt, Paris, Wien oder Rom im Angebot steht; dann eröffnet Lidl eine große Filiale, kurz darauf, mitten in der Stadt, Aldi. Das italienische Lokal, das in Donegal aufmacht, der Chef stammt aus Marokko, ist jeden Abend ausgebucht. Plötzlich ist jeder Weinkenner und Käsespezialist, weiß Bescheid, wie man Geld am gewinnträchtigsten anlegt; zehntausende Irinnen und Iren, vor Jahrzehnten in die USA, nach England oder Australien abgewandert, um Arbeit zu finden, kehren in ihre Heimat zurück. Jetzt stehen Polinnen und Polen hinter Bar- und Verkaufstresen, sitzen an Kassen, servieren in Restaurants. Im ganzen Land werden Bungalows gebaut, nahezu alle, hat er in der *Irish Times* gelesen, gebaut nach Musterplänen des Buches *Bungalow Bliss,* das

Jack Fitzsimons, er sitzt im Senat von Dublin, geschrieben hat; seine Vorstellung, jede irische Familie möge in einem warmen, trockenen Bungalow leben können, der ihr gehört, erklärt er in der Einführung seines Buches damit, dass er in einem kleinen feuchten Mietcottage aufgewachsen ist. Banken werfen mit Krediten um sich, Ferienapartments auf Mallorca oder am Schwarzen Meer in Bulgarien werden gekauft, vor jedem neuen Haus stehen zwei neue Autos, Reihenhaussiedlungen schießen an den unmöglichsten Orten aus dem Boden. Nicht nur Städte, sondern auch Dörfer bekommen Speckgürtel rasch und billig hochgezogener Spekulationsimmobilien, die oft nicht fertiggestellt werden und, als die Blase in der Krise 2007 zerplatzt, zu Geisterstädten zerfallen. Irland wird zu einem anderen Land. In seinem Schulhaus in den Hügeln Donegals ist 1996 davon noch nichts zu spüren. Er fühlt sich in vielen Belangen in die beschaulichen sechziger Jahre zurückversetzt.

//

Diejenigen, die zurückbleiben, haben den Hang, denen, die es gewagt haben, wegzugehen und Brücken abzubrechen, in Diskussionen zu verwickeln, die sich wie Verhöre anfühlen und in Vorwürfe gipfeln: Du rennst vor Problemen weg! Versteckst dich in deinem Paradies!

Diejenigen, die es gewagt haben, wegzugehen, haben den Hang, den neuen Ort, ihr neues Leben über die Maßen zu loben, zu verklären. Um den Neid derjenigen zu wecken, die zurückgeblieben sind?

//

Den Talkessel, gefüllt mit Wolken wie ein Trog, umfährt er, indem er den Barnesmore Gap meidet und stattdessen den Umweg durch das unwegsame, menschenleere Hinterland Donegals wählt. Castlederg war während der Troubles der Ort Nordirlands, der am häufigsten bombardiert wurde und in dem es die meisten religiös motivierten Anschläge gab. Das Konzert mit der Akkordeonistin Sharon Shannon ist Teil eines Kulturfestivals, das zur Versöhnung von Gemeinden an der Grenze zwischen der Republik Irland und Nordirland beitragen soll. Er hat Sharon Shannon bereits 1991 live in Dublin gesehen, in einem Pub irgendwo in der Nähe vom Park St Stephen's Green, und war begeistert.

Wenige Meilen außerhalb von Laghey biegt er von der R232 auf eine schmale Landstraße, um sich hinter dem Weiler Rathneeny Barr trotz seiner Landkarte zu verfahren; vom Atlantik treiben Regenwolken schnell Richtung Inland, eine Wand, die Hügelzug um Hügelzug in Dunkelheit kippt, eine Herde wilder Pferde, die auf ihn zudonnert, ein Sperrfeuer Blitze vor sich hertreibend. Er sucht Schutz hinter einem Stall, in dem Kühe verzweifelt muhend das näher ziehende Unwetter ankünden; die Außenlampe, die über dem geschlossenen Stalltor brennt und einen pissgelben Lichtfleck auf die Steinmauer wirft, verstärkt die Untergangsstimmung. Auf einen Schlag wird es finster, gleichzeitig fallen schwere Tropfen, schon prasselt wuchtig der Regen nieder. Es klingt, als werfe jemand Steine auf Motorhaube und Dach seines Autos.

Regenvorhänge werden stoßweise vom Wind durch das Strahlenbündel der Stalllampe gepeitscht, Donner lässt ihn zusammenzucken, ein Blitz fährt in die Heide hinter ihm; es ist, als schärfe das Gewitter alle seine Sinne, er riecht Schwefel, sieht einzelne Tropfen vorbeijagen, hört das Schnaufen und Muhen der verängstigten Kühe.

So schnell wie ihn das Unwetter überrascht hat, ist es weitergezogen. Er steigt aus, um gierig die erlösend frische Luft einzuatmen, da sieht er einen verdreckten Pickup auf sich zukommen und vor dem Stalltor anhalten: der Farmer, der nach seinen Tieren sieht. Sofort beginnt der Mann, er wird etwa sechzig sein, freundlich auf ihn einzureden, ohne das Misstrauen in seinem Blick zu verbergen. Er bittet ihn, langsamer zu reden und deutet auf sein Kennzeichen. Einen Europäer, sagt der Farmer, wenn er ihn nicht falsch versteht, hat er hier oben noch nie gesehen, dann erzählt ihm der Mann, dass er jedes Jahr nach Spanien fliegt, weil er die Sonne liebt, *at least for a week a year*. Die Frage nach dem besten Weg nach Castlederg beantwortet er mit einem Lachen. Einen besten Weg, sagt er, gibt es nicht, ich sehe nach meinen Kühen, dann kannst du mir nachfahren und ich zeig dir den schnellsten Weg, meine Schwester wohnt in Castlederg, ich sollte sie sowieso wieder mal besuchen.

//

Das Konzert findet in einem feuchten, muffigen Saal der Community-Hall mit dem Charme einer ungeheizten Turnhalle statt; auf den etwa sechzig Metallstühlen verlieren sich keine dreißig Zuschauer. Sharon Shannon benötigt fünf Minuten, dann sind alle auf den Beinen, und die Stühle werden aus dem Weg geräumt; er hat lange nicht getanzt, es dauert, bis er sich in die Nähe der Bühne wagt und zulässt, dass ihm Shannons Handorgel die verstockte Schüchternheit aus dem Leib spielt.

Als er zweieinhalb Stunden später verschwitzt aus der Community-Hall ins Freie tritt, fällt kalter Sprühregen; eigentlich würde er gern ein Bier trinken, hat aber in einem Buch über die Troubles gelesen, dass in Castlederg die Pubs für Katholiken und Protestanten strikt getrennt sind, und entschließt sich, auch, um sich nicht noch einmal zu verirren, über den Barnesmore Gap zu fahren und im Biddy's O'Barnes, in dem er öfter mit seinem Nachbarn Gerry getrunken hat, Halt zu machen. Der Pub – in wenigen Jahren, nach dem Bau der mit EU-Geldern finanzierten Schnellstraße zwischen Donegal Town und Ballybofey, wird er nicht mehr im Niemandsland stehen – hat für ihn die Aura eines rechtsfreien, aus der Zeit gefallenen Raumes, in dem Dinge möglich sind, die er sich früher nicht einmal hätte ausdenken können. Er hat hier einen Mann gesehen, der seinen rechten Schuh in der Hand hielt und auf ihn einredete wie auf einen Telefonhörer, eine Frau, die an der Bar die Bluse auszog, um ihre Operationsnarbe zu präsentieren und wohl vergessen hatte, dass sie keinen BH trug, zwei Männer, beide über siebzig, die sich mit nackten Oberkörpern einen Faustkampf lieferten, bei dem es offenbar um die Schwester des einen ging und der damit endete, dass Ambulanz und Gardaí vorfuhren. Er hat eine Gruppe älterer Damen erlebt, die einen Stripper bestellt hatte, der sich zu einem Song von Joe Cocker auszog, einen Farmer in Overall und Gummistiefeln, der sein Huhn mitbrachte und auf den Tresen stellte, wo es ruhig abwartete, bis er genug getrunken hatte. Er hat einen anderen Farmer gesehen, der verlangte, dass seinem Sheepdog Guinness ausgeschenkt wurde, der das Bier begeistert bis auf den letzten Tropfen aufschlabberte, einen jungen Mann, der stöhnend vor der Toilette auf dem Boden lag, »Fuck off« zischte und die Faust hob, als er ihm auf die Beine helfen wollte.

Seine Phantasie wird ihm nicht nur im Biddy's O'Barnes überdeutlich vor Augen geführt, ist beschränkt und farblos. Das Leben, geahnt hat er es, ist aufregender, als er sich vorzustellen vermag. In einem Pub am Hafen von Killybegs räumt die Mannschaft eines Fischtrawlers aus Finnland Tische und Stühle zur Seite, bestreicht den Fliesenboden mit Schmierseife, baut am hinteren Ende des Pubs einen Turm aus Stühlen und bietet dem, der in Unterhosen mit nacktem Oberkörper über den Boden schlitternd wie eine Bowlingkugel am meisten Stühle abräumt, hundert irische Pfund. Bis auf einen Touristen aus Venedig machen alle Männer mit; er selbst tritt als Zweitletzter an und schafft es nicht einmal, bis zu den aufgebauten Stühlen vorzuschlittern. Die Schürfwunden an Rücken und Hüften brauchen Wochen, um so weit zu heilen, dass er nicht auf dem Bauch schlafen muss. Den Fehler, es dem Alkohol zuzuschreiben, dass er teilgenommen hat, macht er nicht. Über die seltsamen Dinge, die er in den verschiedenen Pubs herumliegen sieht, führt er Buch: Unter einem Barhocker entdeckt er eine zerknäuelte Strumpfhose, auf dem Spülkasten einer Toilette eine Bibel, auf einem Fenstersims ein blutiges Messer, unter einem Tisch einen braunen Herrenschuh, im Waschbecken vor den Toiletten eine Knoblauchpresse. Er steht nach Kneipenschluss neben wildfremden Männern vor Pubs und schreit sich vor Freude am Leben die Seele aus dem Leib, verblüfft über das klare Echo, das ihnen ihre Stimme zurückwirft. Er hält weinende Frauen im Arm, deren Namen er nicht kennt, hilft Betrunkenen auf die Toilette, lässt sich von Fremden zum Taxi führen, die beruhigend auf ihn einreden und sich übergeben, als das Taxi losfährt. Er findet sich in Küchen und Wohnzimmern, ohne zu wissen, wie er dorthin gelangt ist. Er singt »D'Rosmarie und i« von Hanery Amman und den »Schacher Seppli« von Ruedi Rymann, trägt Zeilen von Hölderlin, Heym und Trakl vor, weint vor Menschen, die er niemals wiedersieht, schläft auf Sofas und schlecht aufgepumpten Luftmatratzen, in Vorgärten und in Schuppen, in denen es nach Fischkleister stinkt. Er ist glücklich. Ist er angekommen? Und wenn ja: Wo?

//

Nach einem Monat fällt zum ersten Mal der Strom aus; er bemerkt es, weil das Sirren des Faxes, der seit einer Ewigkeit im Begriff ist, den Vertragsentwurf seines Kölner Verlags für seinen neuen Roman zu drucken, plötzlich aufgehört hat. Nach vierzehn Stunden kommt der Strom zurück; Eileen und Gerry kochen mit Gas, er ist ihnen dankbar, dass sie ihn zum Abendessen einladen. An die

Stromausfälle, die sehr häufig vorkommen, manchmal wöchentlich, und in den schlimmsten Fällen vierundzwanzig Stunden dauern, gewöhnt er sich schnell; er schreibt gern von Hand, kauft Taschenlampen, Batterien und Kerzen und ersetzt den Elektroherd in der Küche durch einen Gasherd. Was ihm zu schaffen macht, sind die Wasserausfälle, die sich während der Boomjahre, in denen mehr und mehr Häuser in seiner Nachbarschaft gebaut werden, häufen, da der Druck irgendwann nicht mehr reicht, das Wasser bis zu seinem Schulhaus auf der Erhöhung zu pumpen.

//

Oft regnet es tage- und nächtelang ohne Ende, das sanfte Rauschen wirkt beruhigend und einschläfernd, das Trommeln und Hämmern nervenaufreibend und beängstigend. Es gießt, schüttet und nieselt, pladdert und tropft, der Regen ist kalt, warm, weich, fein wie eine zärtliche Berührung oder hart wie ein Schlag, er fällt dicht, in Wellen, schräg, wird vom Wind waagrecht übers Land getrieben oder peitscht als biblische Strafe vom Himmel. Scheiben beschlagen, Tapetenbahnen lösen sich, Bücherseiten quellen auf, in Zimmerecken wächst Schimmel, in Regenrinnen gurgelt es. Wird das Geräusch der Tropfen auf dem Dach eines Tages unhörbar für ihn sein, wird er taub für das Rauschen, blind für das Gestrichel? In Irland entgeht niemand dem Regen, darum gilt jede Sonnenstunde als Geschenk, als Segen. Den Trick, dem Regen zu entgehen, haben die Iren perfektioniert; so nah wie irgend möglich gehen sie an den Häusern entlang, ohne dass es aussieht, als suchten sie den Schutz der Dächer. Sie fliehen vor dem Regen und zeigen ihm gleichzeitig den Finger. Touristen erkennt man an der wetterfesten Regenkleidung, die kein Ire besitzt, an den Schirmen, für die Iren nichts als Spott übrighaben, Schirme, die der Wind zaust, in die Höhe hebt, dreht, mit sich trägt. Abgefunden haben sich die Iren mit dem Regen nicht, sie haben sich mit ihm arrangiert, sie verstecken sich vor ihm, was bleibt ihnen anderes übrig, am liebsten in einem trockenen Pub, in dem ein Feuer brennt, kein Fernseher stört, das Radio nicht zu laut und das Licht nicht zu hell ist und sie in Frieden gelassen werden.

An manchen Tagen wird das Licht gespenstisch hell und gelb und er lernt, dass dies Hagel ankündigt, der den Platz vor seinem Schulhaus innerhalb weniger Minuten mit Schloßen bedeckt, die minutenlang nicht schmelzen, Hagel, der erschreckend laut auf die Dachziegel donnert, Dellen ins Autoblech hämmert, Schafe, die Regen stoisch ertragen, panisch nach Schutz suchen lässt. Selten fällt Schnee, der träge vor den Fenstern vorbeischwebt und Wände aufspannt, luzide Wände, die sich fortwährend verschieben, aber gleichwohl so dicht sind, um die neue fremde Welt auszublenden. In diesen Wetterlagen könnte sein Haus überall stehen, nicht einmal das Ende seiner Wiese erkennt er, die Hügel sind verschwunden, die Blue Stack Mountains ebenso. Die Welt, es gibt sie nicht länger. Und doch. Er sitzt, denkt, liest, schreibt.

//

Die Zahl der Krähen, die sich unter seinem Fenster einfindet, um zu debattieren, wird zusehends größer, aus den fünf Krähen werden sieben, elf, vierzehn, dann gibt er es auf, sie zählen zu wollen. Der Kreis, den die Vögel bilden, ist damit nicht etwa größer geworden, es sind mehrere Kreise, in denen sie sich versammeln, ein Kreis um den nächsten Kreis, und natürlich fragt er sich, ob diejenigen Krähen, die im innersten, also kleinsten Kreis sitzen, in der Rangordnung höher stehen als diejenigen in den äußeren, also größeren Kreisen. Sind Krähen hierarchisch organisiert? Gibt es Anführer, Alphakrähen? Die Debattierrunden der Krähen dauern unterschiedlich lange, sie stören sich offenbar nicht daran, dass er sie bei offenem Fenster beobachtet und belauscht. Das Ende der Treffen in seinem Garten wird jeweils von einer Krähe eingeläutet; er glaubt, dass es jedesmal eine andere ist, auf jeden Fall kann es an einem Tag eine Krähe aus dem innersten Kreis, an einem anderen Tag eine aus dem äußersten Kreis sein, die den Kopf mit weit aufgesperrtem Schnabel in die Luft reckt, einmal kurz und heftig mit den Flügeln schlägt, sich dann in die Luft erhebt und einen Meter über der Versammlung schwebt, bis, nach kurzem Zögern, auch die anderen Krähen auffliegen, einen Moment lang ebenfalls flatternd in der Luft stehen, bevor sie sich im Schwarm auf dem Blechdach des teilweise eingestürzten kleinen Nebengebäudes niederlassen, in welchem sich früher die Toiletten des Schulhauses befanden. Für eine Weile sieht es aus, als trage das Nebengebäude eine schwarze Federhaube, dann ziehen die Krähen ab und kehren erst zurück, wenn sie sich erneut in seinem Garten versammeln. Die blauschwarzen, schimmernden Federn, die die Krähen zurücklassen, sammelt er und steckt sie in den Türrahmen des Arbeitszimmers.

//

Biddy's O'Barnes, Barnesmore

A
Schaust du noch in den Spiegel, Murph? Ich nicht!
Weißt du, seit wann?
B
Hör auf zu jammern, Jimmy!
A
Ich jammer nicht!
B
Du jammerst immer!
A
Willst du es nun wissen oder nicht?
B
Schieß los!
A
Seit ich wie mein Vater aussehe!
B
Es ist die Angst, dass wir werden wie unsere Eltern,
die uns werden lässt wie unsere Eltern!
A
Woah, woah! Heut sind wir aber
besonders philosophisch!

Du solltest vielleicht Wasser trinken, Murph!

B

Du siehst nicht aus wie dein Vater!
Oder bloß ein bisschen.

A

Alt seh ich aus. Uralt!

B

Stimmt! Im Gegensatz zu dir steht mir das Alter.
Macht mich keck.

A

Keck? Was du für Wörter kennst! Keck!

B

Frech!

A

Keck, frech! Am Arsch! Verzweifelt!
Verzweifelt siehst du aus, Murph. Verzweifelt!
Wir sind alt. Das schleckt keine Kuh weg.

B

Du hattest deine Zeit, Jimmy!

A

Natürlich hatte ich meine Zeit! Im Gegensatz zu dir.

B

Scharf wie eine Rasierklinge warst du. Hab ich gehört.

A

Hast du gehört? Von wem?

B

Lass gut sein, Jimmy.
Du gleichst deinem Vater nicht mehr als meinem.

A

Und das soll mich beruhigen?

B
Wer will dich beruhigen?

//

Margaret schaut beinah jede Woche bei ihm vorbei; sie wünscht sich, dass sie Kaffee trinken, keinen Tee, und da sie kaum redet und keine Fragen stellt, vermutet er, dass sie einfach gern Zeit in ihrer früheren Schule verbringt. Mittlerweile winkt sie nicht länger ab, wenn er ihr anbietet, sie nach Hause zu fahren. Oft trinkt er dann mit ihrem Sohn Gerry ein, zwei Dosen Bier vor dem Kamin, manchmal schauen sie englischen Fußball; manchmal hilft er Bernadette bei ihren Deutsch-Hausaufgaben, dann besteht Eileen darauf, dass er zum Abendessen bleibt. Ihr Cottage ist in schlechtem Zustand, Gerry hat ihm die Pläne für den Neubau des Hauses an der Straße neben der öffentlichen Telefonzelle gezeigt; Margaret wird mit ihnen umziehen, Gerry bringt es nicht übers Herz, seine Mutter ins Heim zu geben. Nach dem Essen spielt er gelegentlich Mühle gegen Aidan, gegen den er keine Chance hat.

//

Die Four Masters National School, elf Meter lang, sechs breit, wurde im Sommer 1894 nach dreijähriger Bauzeit als Volksschule eröffnet. Damals bestand sie aus zwei Klassenzimmern, wie er von Margaret wusste, abgetrennt durch eine Faltwand, die für Tanzabende und Versammlungen geöffnet wurde; in beiden Zimmern gab es je sechs Bankreihen, ein Lehrerpult, einen offenen Kamin und zwei Fenster in den Längswänden, die so hoch in die Steinwände eingesetzt waren, dass die Schüler, deren Schulweg in der Regel mehrere Meilen lang war, nur ins Freie sehen konnten, wenn sie standen. Geheizt wurden die Klassenräume ausschließlich von Torfsoden, darum war es oft so kalt, dass auf den Fensterscheiben Eisblumen wuchsen und der Atem weiß vor den Mündern stand. Die Toiletten für Mädchen und Jungen befanden sich in einem ungeheizten Außengebäude ohne fließend Wasser, geturnt wurde das ganze Jahr auf der Wiese.

Nach und nach erfährt er, dass alle seine älteren Nachbarn hier zur Schule gingen.

//

In den ersten Wochen in Donegal kommt es immer wieder vor, dass er sein Haus nicht findet; da die Nebenstraßen und Feldwege für ihn identisch aussehen und es weder Straßen- noch Ortsschilder gibt, muss er lernen, sich in der Landschaft zu orientieren, sich besonders geformte Bäume zu merken, *landmarks*, eine Felsgruppe, welche an sitzende Buddhas erinnert, Schlehdornbüsche, die sich in Spiralform eine Hügelflanke hochziehen, einen umgesunkenen Bretterzaun, den Traktor, der von Schlingpflanzen überwuchert ist.

Als er Donegal nach zweiundzwanzig Jahren verlässt, findet er sich im verwirrenden namenlosen Netz aus Nebenstraßen, Schotterpisten und Feldwegen selbst in dichtem Nebel zurecht, kennt Abkürzungen, Routen, an denen bestimmt keine Polizei Alkoholkontrollen macht, Schleichwege, Umwege, er hat Lieblingsstrecken, die er fährt, obwohl sie Zeit kosten, es gibt Strecken, die er meidet, ohne dass er erklären könnte, warum. Später, als er Irland verlassen hat, wird er von diesen Straßen träumen, immer wieder; verloren hat er sie trotzdem.

//

Die Mittagssonne taucht Murvagh in ein unwirkliches Licht, welches Konturen verwischt, Kanten bricht; die Kammlinie der Dünen tanzt zitternd auf und nieder, verstreut herumliegende Felsblöcke scheinen über dem Sand zu schweben. Vor ein paar Tagen hat er die begraste Erhebung in Form eines Ambosses am Ende des Strands schließlich bestiegen, die er bisher nur aus der Ferne bestaunte, nun hat er einen neuen Lieblingsplatz, den er sich allerdings erkämpfen muss: Der Anstieg ist steil und unsicher, einen Pfad gibt es nicht, außerdem gestaltet das stürmische Wetter Form und Beschaffenheit des Hügels immer wieder neu. Im Rücken der Wiesenkanzel liegen der Golfplatz und die Bucht von Inishnabo mit Mullinasole am anderen Ufer, wo das Salmon Inn steht, in dem er am häufigsten isst. Die Vorderseite seiner Kanzel schwebt über dem Meeressaum, der Blick geht auf den offenen Atlantik hinaus, gelegentlich kann er, es fällt leicht, es sich einzureden, bis nach Amerika hinübersehen.

In seine alte Tramper-Regenjacke gewickelt, hält er es lange aus auf seiner Wiesenkanzel, er sitzt und tut nichts, stumm und schläfrig, losgelöst von sich und seinem früheren Leben in der Schweiz, zurecht geschliffen vom Wind, nicht wirklich wach und doch mit klarem Geist. Hat er seinen Platz in dieser strengen Anordnung der Farben gefunden, in dieser Landschaft, die ihn benommen macht? Sie ist zu groß, zu mächtig, um in ihr aufzugehen, ewig ist sie und frei von Inhalten, es sei denn, er liest sie hinein. Wie lächerlich und eitel die Frage klingt, ob er angekommen ist, wird ihm erst nach Jahren bewusst sein, als er begreift, ankommen wird er nie, er wird ein Fremder bleiben; daran zu beklagen ist nichts.

//

Blitzend schaukelnde Flächen, tausendfach gebrochen, von Strömung und Wind wieder und wieder anders angeordnet, wieder und wieder neu ineinander- und auseinandergeschoben, von Sonne geschliffen, Regen gestreichelt, Hagel gepeitscht, makellose Flächen, urplötzlich aufgeraut von Kämmen der Wellen, die unermüdlich vom offenen Meer in die Donegal Bay schlagen, in Unruhe versetzt von Böen, die das Wasser frösteln lassen wie Menschenhaut, blitzend schaukelnde Flächen, auf denen Inseln aus Licht sich ausbreiten, Wolkenschatten verdrängen und das Wasser in der Bucht zur spiegelnden Scherbe machen.

//

Heimweh nach der Schweiz hat er nicht, nicht einmal in langen und finsteren Nächten, in denen der Wind heult, das Dach rattert, schwer der Regen niedergeht. Seine Freunde fehlen ihm selten, seine Eltern nie, genau wie das kleinkarierte Hickhack des Literaturbetriebs mit seinen eitlen und missgünstigen Protagonistinnen und Protagonisten. Die Stallnähe anderer Schreibenden war ihm nie angenehm; ist seiner Prosa abzulesen, dass er sich befreit fühlt? Er hört auf, nach Sligo zu fahren, um im »Book Nest« den *Spiegel* oder die FAZ zu kaufen, liest ausschließlich irische und englische Presse, hört irisches Radio, sieht irisches Fernsehen, kauft Romane und Erzähl- und Lyrikbände irischer Autorinnen und Autoren.

//

Im Februar zieht er zurück ins große Schlafzimmer unter dem Dach, isoliert Decke und Wände, verlegt einen Boden aus Schiffsbohlen, installiert einen Schwedenofen. An das Pfeifen, Singen und Heulen des Windes hat er sich gewöhnt, das Jaulen und Kläffen der Hunde, die ein Farmer irgendwo in den Hügeln nachts in einen Pferdetrailer sperrt, wie er von Gerry weiß, hält ihn allerdings wach. Die Hunde klingen ängstlich, ja verzweifelt, doch irgendwann kippt sein Mitleid und wird zu Ärger. Wäre er in der Schweiz, hätte er spätestens nach der vierten Nacht die Polizei gerufen, damit der Tierschutz alarmiert wird. Kann er sich erlauben, sich mit einem einheimischen Farmer anzulegen? Was weiß er, wann ein Hund leidet?

Die Krähen treffen sich weiterhin in seinem Garten, mittlerweile sind es wieder weniger, eine ausgewählte

Delegation, die Platz findet in zwei Kreisen. Träumen Vögel? Seitdem die Hunde rätselhafterweise verstummt sind, fällt er in einen komatösen Schlaf, aus dem er sich morgens regelrecht herauskämpfen muss. Er schreibt seine Träume nicht auf, er hat sich geschworen, sie nicht auszubeuten. Nach ihren Versammlungen setzen sich die Krähen wie bisher aufs Dach des Nebengebäudes, bevor sie davonfliegen, er sammelt die Federn, die sie zurücklassen, weiterhin ein. Obwohl er es beharrlich versucht, gelingt es ihm nicht, ihr Knarzen und Krächzen, mit dem sie sich austauschen, auch nur der Spur nach nachzuahmen. Er weiß, sie ahnen, dass er sie beobachtet: Listig sind die Blicke, die sie ihm zuwerfen, wissend und klug, *wieg dich nicht in falscher Sicherheit*, sagen sie. Einzelne Krähen glaubt er wiederzuerkennen, soll er ihnen Namen geben? Sie erinnern ihn an den Bekannten, der eines Tages vor über vierzig Jahren mit einer jungen Krähe auf der Schulter in ihrem Stammrestaurant auftauchte, sich hinsetzte, ein Bier bestellte und die Krähe mit einem Stück Würfelzucker fütterte, als sei das die normalste Sache der Welt. Der Vogel war neben seinem Auto aus dem Nest gefallen, und er zog ihn groß. Auch damals ist ihm der kluge und wissende Blick der Krähe aufgefallen, ein Blick, der ihm das Gefühl gab, ertappt worden zu sein, allerdings ohne Vorwurf und Anklage, sondern eher verständnisvoll, ja brüderlich. *Ich weiß, was dein Problem ist, ich verrat dich nicht, keine Sorge.*

//

A

Großartige Frau.

B

Meine?

A

Doreen!

B

Solange du die Hand nicht in ihren Käfig streckst!

A

Johnsey hat sie jedenfalls nicht verdient.

B

Hat er nicht. Nein.

A

So viel steht fest. Scheißkerl.

B

Nächste Woche kommt der Zirkus. Gehst du hin?

A

Übernächste Woche. Ich hasse Clowns.
Wie heißt er nochmal?

B

Wer?

A

Der Zirkus!

B

Irgendwas Italienisches. Cozze. Pazzo. Cazzo.

A

Cazzo heißt Schwanz!

B

Toll! Weißt du, wie die Spaghettis uns Iren nennen?
A
Was soll das? Ich rede hier von Doreen!
B
Jetzt sag schon, Wolfie. Weißt du's?
A
Mir doch egal. Paddy wahrscheinlich.
B
Eben nicht.
A
Sondern? Mach's nicht spannend.
B
Harfen.
A
Harfen? Besser als Flöten!
B
Die spinnen, sag ich doch.
A
Ich find Spaghettis zum Kotzen.
B
Tirami … wie heißt das Dessert, das aussieht,
als müsste man es sich ins Gesicht schmieren?
A
Ich ess nie Süßes.
B
Ich geh jedenfalls hin.
In den Zirkus. Nur schon wegen der Trapezkünstlerin.
A
Die Rothaarige auf dem ungesattelten Pferd war scharf!
B

Der Clown war lustig.
A
Clowns sind böse. Denkst du, die haben Löwen?
B
Die Assistentin des Zauberers war sozusagen nackt!
Erinnerst du dich? Die vor zwei Jahren?
A
Oder Elefanten?
B
Elefanten in Donegal?
A
Denkst du, sie geht mit mir aus?
B
Doreen?
A
Natürlich Doreen!
Oder glaubst du, ich will mit deiner
Frau ausgehen, Harty?
Ah, jetzt guckt er wie ein Katholik!
B
Was?
A
Na, wie einer, bei dem all das Schlimme
eingetroffen ist, vor dem man ihn gewarnt hat!
Denkst du, sie geht mit mir aus?
B
Und Johnsey?
A
Johnsey? Was redest du jetzt von Johnsey!
B

Ich mein ja nur. Er macht Judo.
A
Scheiß auf Johnsey!
B
Hab ich gehört. Oder Karate?

//

Die Natur ist zu allgegenwärtig, um von ihm gebührend beschrieben zu werden; sie spricht für sich selbst, ruhig und selbstbewusst, hat es nicht nötig, gehört werden zu wollen, entlarvt und entblößt seine Sätze. Der Name Mi Deckart, den er tippt, erscheint aus dem Nichts, genauso die Wörter und Sätze, die sich daraus ohne Vorsatz ergeben. Dass er Lindiwe Mathabane mit Mi Deckart vielleicht eine Gefährtin zur Seite stellt, begreift er erst, als der Text fast geschrieben ist.

Enttäuschte Seelen

Mi Deckart lag auf dem Smart-Boxspringbett, das vor vier Tagen aus Amerika geliefert worden war, und sah durch die Fensterfront ihres Schlafzimmers über die Bedford Street und die schmale Grünfläche auf das dunkel dahinter aufragende British Museum; wenn sie sich konzentrierte, konnte sie das Tickern des Chlorophyllsprinklers auf dem Museumsdach hören. Nach dem Lunch mit Aim P. Dahn, dem Beamten aus der Zentrale, der nicht mit offenen Karten spielte und aus dem sie nicht schlau wurde, weil er stumme Unaufrichtigkeit ausstrahlte, hatte sie sich im Ministerium abgemeldet; die Akten, die sie angeblich in Ruhe studieren musste, lagen unberührt in ihrem Arbeitszimmer; sie hatte nicht einmal die Energie aufgebracht, das Lesegerät zu öffnen. Ihre Frau, Lianne, war bis übermorgen auf einer Tagung im Norden, in Liverpool oder Leeds, die Kinder zum Glück in der Schule. Der Kitchenrob war lauter, als SonyMecon garantiert hatte, Mi hörte seine Gummiräder auf dem Küchenboden hin und her gleiten, während er die vom Kühlschrank bestellten Lebensmittel einräumte. Seit einiger Zeit trat Mi in unbeobachteten Augenblicken in toten Winkeln der Überwachungskameras nach dem hüfthohen Roboter, zweimal hatte sie ihn sogar gepackt und gegen die Wand geworfen, ohne dass es einen nennenswerten Defekt angerichtet hätte.

Sie fröstelte und befahl dem Haus, sich zwei Grad zu erwärmen, und dem Bett, sie zu massieren. Das Licht draußen hatte einen seltsamen gelben Stich, aber sie war zu erschöpft, um aufzustehen, und ordnete stattdessen mit leiser Stimme ihre drei Überwachungsdrohnen an, den Livestream ihrer Kameras auf die Cinewand zu spielen. Drohne 3, mit Greifarmen bestückt, aber unbewaffnet, befahl sie, senkrecht zu steigen und sich dabei langsam um die eigene Achse zu drehen, bis sie die Ursache des gelben Lichtes erkannte: Am Rand der City stand ein Sozialwohnblock in Flammen. Sie setzte die Drohnen zurück auf Autopilot und stoppte die Massage. Da sie sich immer noch ängstlich und unsicher fühlte, zog sie sich den Kortexstimulator über den Kopf und spürte, wie sich die Nervosität legte, ihre Energie zurückkehrte und sich ein Wohlbehagen in ihr breitmachte, für das sie beinahe ein schlechtes Gewissen bekam, weil sie hier zu Hause im Bett lag, statt im Ministerium zu arbeiten. Sie ließ den Stimulator auf der schwächsten Stufe laufen und das Kopfteil hochfahren, nannte Aim P. Dahns Kennungsnummer und studierte auf der Cinewand sein Profil, ohne einen Schritt weiterzukommen. Seine medizinischen Daten waren, wie nicht anders zu erwarten bei einem Beamten der mittleren Ebene, ebenso unauffällig wie die restlichen Angaben. Der Mann war ein unbeschriebenes Blatt. Sie überflog das Profil des schottischen Jungen, Quintus, dann die Angaben zu seinen Eltern. Der Vater, Septimus, war mehrmals straffällig geworden und hatte die höchste Gefährderstufe, die Mutter war als »ungefährlich« eingestuft. Sie musste über den Jungen an den Vater herankommen, eine andere Möglichkeit sah sie nicht, um ihn in den Highlands dingfest machen zu können.

Sonne traf auf die Fensterfront, die Lamellen der Jalousien glitten ein Stück nach unten, und auf dem Fußboden erschienen helle Streifen, die erloschen, als die Jalousien wieder nach oben fuhren. Schließlich konnte sie sich aufraffen, den Kortexstimulator abzulegen, sich für zehn Minuten in die Dampfkabine zu setzen, kalt zu duschen und in ihr Arbeitszimmer hinüberzugehen. Die Steuerung ihres Smart-Hauses hatte sie so eingestellt, dass es in dem halbkreisförmigen Zimmer nie ganz hell war; sie liebte die Höhlenstimmung ihres Reichs, die sie auf unbestimmte Weise an die Kindheit mit ihren süßen Gerüchen und unerklärlichen Schrecken erinnerte. Vor drei Wochen hatte sie bei der Netzauktion eines Museums, das von Schließung bedroht war, das Ölgemälde *Die enttäuschten Seelen* eines Malers namens Ferdinand Hodler ersteigert. Lianne hätte es gern über das Sofa im Wohnzimmer gehängt, wo es gebührend bewundert werden konnte, aber darauf war Mi nicht eingegangen, obwohl das Gemälde knapp drei Meter breit war und die Rückwand des Arbeitszimmers gänzlich ausfüllte: Sie wollte es so lange betrachten können, wie sie wollte. Die dargestellte Szene übte eine Faszination auf sie aus, die sie sich nicht erklären konnte. Die fünf Männer, die in schwarzen Umhängen mit nackten Armen, Beinen und Füßen nahe nebeneinandersaßen, ohne sich wahrzunehmen, wie ihr schien, befanden sich in einem Zustand, mit dem sie eigentlich nichts zu tun haben wollte: Die Männer waren nicht nur enttäuscht, sondern offensichtlich verzweifelt, erledigt, am Ende. Wieso genoss sie es, sie zu betrachten und sich in Gedanken mitten unter sie zu setzen, obwohl dafür auf der einfachen Holzbank gar kein Platz war? Was erhoffte sie sich von ihrer Gesellschaft? Die Reihenfolge ihrer Sympathie änderte sich häufig: Manchmal war ihr der Mann ganz rechts am nächsten, der grübelnd zu Boden starrte, die Hände ineinander verkrampft, ein anderes Mal der zweite von links, er verbarg sein Gesicht in den Händen, dann der zweite von rechts, dem dicke blaue Adern auf den Armen vortraten, da er den schweren Kopf mit den Händen stützte. Nur denjenigen in der Mitte, herausgehoben durch die Tatsache, dass sein Umhang nach unten gerutscht war und sein magerer Oberkörper frei lag, mochte sie nicht. Sie sah ihn als Sinnbild des drohenden Todes, er jagte ihr Angst ein. Sah sie ihn zu lange an, sah sie Dunkelheit, ewige Nacht, ihr eigenes Ende. War dieser Mann das eigentliche Zentrum des Gemäldes, der Wichtigste der fünf? Hatte Hodler ihn in die Mitte gesetzt, um die Betrachter an die eigene Sterblichkeit zu erinnern? Die eigentliche Katastrophe, wurde ihr bewusst, wenn sie das Gemälde betrachtete, war der Gedanke an die bevorstehende Katastrophe – die vielleicht gar nicht geschah. Dieser Gedanke vergiftete das Leben, noch bevor das Unglück eintrat. Statt das Gemälde mit seiner düsteren Botschaft abzulehnen, verbrachte sie soviel Zeit davor wie nur irgend möglich.

Mit einem Fingerschnippen machte sie die Spotlampe an, die sie nur für den Zweck gekauft hatte, das Gemälde auszuleuchten, aber nicht im Licht zu ertränken. Für Malerei interessierte sie sich erst, seit sie Ministerin war. Der Kunstbeauftragte der Regierung hatte ihr, ohne sie zu konsultieren, das 2,50 x 1,80 große Ölgemälde *Rosetta II* der englischen Künstlerin Jenny Saville in ihr Eckbüro im Ministerium gehängt, das sie die erste Zeit schockiert und geradezu körperlich abgestoßen hatte, das sie mittlerweile aber vermisste wie ihre Frau oder die Kinder, wenn sie sich nicht in der Gegenwart des gemalten blinden Mädchens mit dem selbstbewussten, arroganten Ausdruck befand, dessen Augen an blaue Murmeln oder an Planeten erinnerten. Mi wusste, dass die Skulptur *Verzückung der heiligen Theresa* von Bernini der Künstlerin als Vorbild gedient hatte, was sie nicht nachvollziehen konnte, nachdem sie die Skulptur gesehen hatte.

Sie setzte ihre Google-Glasses auf, trat ans Fenster, befahl der Gardine, sich langsam vierzig Zentimeter zu öffnen, und dem Tresorglas, sich zwei Grad einzutrüben; bis auf ihre fünf Securitys war die Bedford menschenleer, der Asphalt schimmerte, als hätte es geregnet. Sie sah Drohne 2 auf Dachhöhe vorbeischweben, verfolgt von einer Krähe, die sich offensichtlich einen Spaß daraus machte, das elektronische Gerät zu ärgern; Mi nahm sich vor, ihren Securitychef anzuweisen, ihren Drohnen das Eliminieren von Vögeln und anderen Tieren, die ihr nicht gefährlich wurden, aus ihrem Programm zu löschen. Der Security direkt vor ihrem Gartentor war neu, er war jünger als die anderen vier, er hielt sich aufrechter als sie, sah sich wachsamer um; das würde sich legen.

»Checken«, sagte sie leise und sah ihn an.

Die Schrift der auf ihrem linken Brillenglas eingeblendeten Daten und Metadaten war unscharf, es war Zeit, das neue Modell anzufordern. Der Security hieß Pat Ashcroft, war neunundzwanzig, zum ersten Mal verheiratet, Vater einer zweijährigen Tochter, seine Frau Amanda, sechsundzwanzig, arbeitete als Assistentin in einem Isotopenlabor, gesundheitlich war Ashcroft fit, er litt an leichtem Bluthochdruck und Flatulenz, sein Aggressionspotential und seine Intelligenz waren durchschnittlich, seine Hobbys waren Marathonlaufen, Apnoetauchen und Yoga, er war Nichtraucher, Veganer, trank wenig Alkohol, nahm keine Drogen oder Medikamente, neigte zu Selbstüberschätzung, sein Hetero-Sexualleben war sehr aktiv, sein Vermögen gering, seine Versicherungsdeckung suboptimal, politisch war er konservativ; seine Mutter war an Magenkrebs gestorben, sein Vater lebte in einem Demenzheim in Cornwall.

Mi nahm die Brille ab, legte sie auf den Schreibtisch, verspürte aber nicht das Bedürfnis, sich zu setzen und das Lesegerät aus der Tasche zu nehmen, und ging stattdessen ins Bad. Bevor sie einen Schluck Wasser trank, bat sie die Mischbatterie, eine Extradosis Calzium und zwei Tropfen Baldrian beizufügen. Sie trank aus der hohlen Hand, gierig und mit weit aufgerissenen Augen wie früher als Kind, dann ging sie ins Arbeitszimmer zurück, setzte sich aber nicht an ihren Tisch, sondern in den Ledersessel vor das Gemälde von Hodler, um darauf zu warten, dass die Männer zusammenrückten, um Platz für sie zu schaffen.

//

Er wird Mi Deckarts Text morgen noch einmal sorgfältig lesen, wird selbstverständlich Fehler finden, hoffentlich aber auch Ansätze, die es ihm ermöglichen, weiterzuschreiben. Das Tagwerk ist getan, er steht auf und will das Schreibzimmer verlassen, allerdings hält ihn etwas zurück und es bleibt ihm nichts anderes übrig, als sich hinzusetzen: *Schreib uns auf*, verlangt der Chor der ehemaligen Schülerinnen und Schüler des Hauses, in dem er lebt, das ist es, *schreib uns auf, mach uns wieder lebendig, stell uns auf die Bühne, so klein sie auch sein mag, erzähl uns, erzähl uns!*

//

Lehrer McGettigan war ein guter Lehrer, vor allem für uns Mädchen. Weil er eitel war, hing hinter seinem Pult ein kleiner Spiegel an der Wand, in dem er prüfte, ob mit seinem Schnurrbart alles stimmte. Ich liebte diesen Spiegel, er bedeutete Freiheit für mich, denn mein Pult stand am richtigen Platz. Die Fenster in der Four Masters National School waren so hoch in die Wand eingesetzt, dass wir sitzend nicht hinausschauen konnten, ich aber sah dank des Spiegels Baumkronen, die im Wind nickten, ein Stück der Straße, die ihre Farbe je nach Licht und Wetter änderte, und ich sah Farmer, die auf Traktoren vorbeiratterten. McGettigan hatte keine Ahnung, dass mir sein Spiegel die Welt ins Schulzimmer brachte.

Mein Schulweg war mit knapp zwei Meilen der kürzeste der Klasse, wir wohnten in Tawnagh, ich war ein Einzelkind, das einzige, das ich kannte. Ma drohte jede Woche, uns zu verlassen, zog den Mantel an, band sich den Schal um und sagte, bevor sie die Haustür hinter sich zuwarf: »Ich geh ins Wasser, dort geht's mir besser als bei euch!« Dass ihre Drohung nur Taktik war, damit Dad und ich ständig ein schlechtes Gewissen hatten, verstand ich erst, nachdem sie an Krebs verstorben war. Im Jahr darauf wurde Dad nicht nur krank auf der Lunge, saß rauchend und hustend neben dem Ofen, er wurde auch bitter, als habe der Tod seiner Frau einen Schalter in seinem Innern umgelegt, redete kaum mehr mit mir und schimpfte nur noch über alles und jeden. Jedenfalls war ich nicht unglücklich, als er ins Heim in Ballyshannon kam, wo er keinen Schaden mehr anrichten konnte, außer vor anderen zu furzen.

Das erste Mal sah ich Frank bei einer Tanzveranstaltung im Abbey Hotel in Donegal Town, an der ich servierte. Er stand an der Bar, rauchte und sah aus wie ein amerikanischer Filmstar in seinem Anzug, obwohl an seinen Schuhen Mist klebte. Er konnte tanzen wie kein Zweiter und hatte kein Problem damit, sich gehen zu lassen, wie ich bald erfuhr. Er sprang auf Tische, wenn er Lust hatte, ein Lied zu singen, führte Handstand vor und Kartentricks. Ein Mann, der darauf wartete, dass die Äpfel von den Bäumen fallen – um sie aufzusammeln und zu verkaufen. An der Farm seines Vaters, der größten der Gegend, hatte er kein Interesse. Er konnte andere überzeugen, man hörte ihm gern zu, glaubte, was er sagte, obwohl er es offensichtlich liebte, zu flunkern. Er verkaufte Traktoren, Heuwender und Melkmaschinen. Dass er ausgerechnet mich heiratete, Caitlin Walsh aus Tawnagh, war ein Schock für die Töchter der Ladenbesitzer und Hoteliers mit ihren Klavier- und Tennisstunden und Manieren. Außerdem hatte ich mit neunundzwanzig deutlich mehr Meilen auf dem Tacho als diese Töchter aus gutem Haus, die mir prophezeit hatten, ich bekäme nie einen Ring an den Finger. Zwei Jahre nach unserer Hochzeit, am 14. August 1962, baute Frank das größte Haus in Mountcharles, unten an Jack's Quay. Im Mai 1962 kam Moira zur Welt, im November 1964 Joseph. Frank trug mich auf Händen, immer, ich genoss jede Sekunde, die ich mit ihm zusammen war. Am 17. Mai 1967 verunglückte er auf dem Weg nach Longford. Der Lastwagenfahrer, der den Unfall verschuldete, nahm sich später das Leben; er erhängte sich im Schuppen seiner Eltern, irgendwo in Leitrim.

Danach war mein Leben vorbei. Vorbei. Es ging weiter, natürlich, das schon, mehr aber nicht. Die Kinder zogen aus, heirateten, bekamen selber Kinder; an anderen Männern hatte ich kein Interesse, ich fing an Golf zu spielen, hörte wieder auf, legte einen Garten an, machte zwei Kreuzfahrten, ein Leben wie jedes andere Leben auch. Am 12. Februar 1982 starb ich, allein, im Garten, verblüfft darüber, dass ein offenes Fenster unseres Hauses für einen Augenblick funktionierte wie Lehrer McGettigans Spiegel, ich sah die Straße aufblitzen, auf der Frank und ich oft zum Pier von Mountcharles spaziert waren, da wurde es schlagartig hell.

//

Da er den Anblick der erbärmlich frierenden Jungen und Mädchen, die mit nackten Armen und Beinen bei der St-Patrick's-Day-Parade in Donegal Town mitlaufen, und die schäbigen Aufbauten der verschiedenen Wagen nicht länger erträgt, drängt er sich durch die Menschenmenge am Diamond, um irgendwo in der Wärme einen Hot Whiskey zu trinken. Er schafft es nicht einmal in die Nähe der Eingangstür der Castle Bar, wird geschupst, gerammt und angerempelt, man klopft ihm auf die Schulter, drückt ihm die Hand und lacht ihm ins Gesicht. Wie ein Korken auf einem Fluss, der stärker zieht, als es vom sicheren Ufer her wirkt, wird er am Reel Inn vorbeigeschwemmt, und er hat die Brücke über den Eske überquert, ohne es zu wollen, als es ihm gelingt, sich aus dem Menschenstrom zu befreien, um sich zum Diamond zurückzukämpfen. In der Bar des Abbey Hotels wird sich ein Platz finden, hofft er, gerät in eine Gruppe Männer und Frauen, die alle grüne Westen, grüne Hosen und hohe, spitze Hüte tragen, wie er sie aus Märchenbüchern kennt, wird von einem Mann mit Namen begrüßt, den er nicht kennt, schüttelt ihm die Hand, wird fortgerissen und schafft es schließlich tatsächlich ins Foyer des Abbey, in dem allerdings ein solches Gedränge herrscht, dass er sofort umdrehen will, um ins Freie zu flüchten, wird aber in den Gang zu den Toiletten gedrängt, wo er über einen am Boden liegenden Betrunkenen stolpert und hinschlägt. Es riecht nach Schweiß, Erbrochenem, Bier und billigem Parfum, in der Bar spielt eine Band schmalzigen Country, begleitet vom Gegröle der Menge. Er rappelt sich hoch, ohne sich um das Gelächter rundum zu scheren, will dem Mann auf die Beine helfen, der seine Hand aber wütend wegschlägt.

Einfach ist es nicht, sich durch die tanzende und feiernde Menge zum Hintereingang zu schlagen. Als er endlich auf die Terrasse hinaustritt, hört er das laute Krächzen der Krähen, die in den Kronen der hohen Bäume am anderen Ufer des Eske im Ortsteil Drumcliff hocken, es müssen Hunderte sein, die schimpfend gegen den Menschenlärm protestieren, Hunderte, die sich in die Luft erheben, als Wolke von Baumkrone zu Baumkrone fliegen, zanken und zetern und in großen Verbänden Richtung Meer abziehen.

//

Regnet es länger als zwei, drei Stunden, und das tut es oft, eigentlich täglich, drückt Wasser durch die Westwand der *porch*, wie er Anfang April feststellt. Gerry empfiehlt ihm George, einen achtzigjährigen Nachbarn, der »mit seinem Bruder Malachy die besten Steinmauern im County Donegal baut«. Eine Woche später sitzen die zwei alten Männer auf Klappstühlchen, die sie mitgebracht haben, in der *porch*. Georges Vorschlag, vor der feuchten Westwand mit genug Abstand, damit die Mauern atmen können, eine zweite Wand aus Feldsteinen aufzumauern, leuchtet ihm ein.

Ist die Handvoll Steine, die zwischen den beiden Brüdern liegt, verbaut, tritt George vors Haus und wählt aus dem großen Haufen Feldsteine, den sie auf den Vorplatz gekippt haben, bedächtig die nächste Handvoll aus, trägt sie in die *porch*, legt sie sorgfältig auf den Boden, ergreift nach einigem Nachdenken einen Stein, dreht ihn abwägend hin und her, legt ihn entweder sorgfältig zurück oder reicht ihn seinem Bruder. Malachy nimmt den Stein mit der linken Hand entgegen, dreht ihn ebenfalls hin und her und betrachtet ihn, allerdings nur kurz und beiläufig, wie es scheint, dann schlägt er mit dem Steinmetzhammer zu, den er spielerisch in der rechten Hand hält, schlägt einmal zu, zweimal, manchmal sechs-, siebenmal, schlägt den Stein in Form und legt ihn schließlich in aller Ruhe in die Lücke. In der ganzen Zeit, die er den zwei Brüdern bei ihrer Arbeit zusieht, kommt es nicht einmal vor, dass Malachy sich *verschlägt*, jeder, wirklich jeder Stein passt genau. Nie zuvor hat er zwei Menschen gesehen, die sich nahezu wortlos derart harmonisch in die Hände arbeiten. Ihren Tee, den sie sich in einer Thermoskanne mitgebracht haben, trinken sie aus einer Tasse, die sie schweigend hin und her reichen, sogar die selbstgedrehten Zigaretten teilen sie sich. Gerry hat ihm erzählt, dass George auf dem rechten Auge eine Netzhautablösung hatte, die zu spät behandelt wurde, weshalb er auf dem Auge blind ist. Als er George darauf anspricht, zuckt dieser nur die Schulter: *Thank God, I have another one!* Nach fünf Arbeitstagen steht die Steinmauer, feucht wird es in der *porch* nie mehr werden. Gelegentlich klingelt George an der Haustür, dann trinken sie eine Tasse Tee, sitzen sich ohne viel zu reden gegenüber, einträchtig, ruhig. Zwölf Jahre später wird er es nicht schaffen, das Cottage zu betreten, in dem George im offenen Sarg für die *wake* aufgebahrt liegt. Im Schritttempo fährt er an den Dutzenden geparkter Autos vorbei, zu feige, dem Tod ins Gesicht zu schauen. Er fährt aus dem Weiler Aghlem hinaus in die Hügel, vor sich die langen Propeller der Windräder, die sich gemächlich drehen, bis er schließlich am Ufer des Lough Meenadreeg anhält und den Motor ausschaltet. Weiter wäre die Straße nur mit einem SUV zu bewältigen. Auf der begrasten, topfförmigen Erhebung hinter dem See, ein Feenhügel, wie Margaret ihm versicherte, leicht zu erkennen an den ringförmig angepflanzten Birken, die uralt und doch nicht wirklich groß sind, steht einsam ein Mann. Soll er trotzdem aussteigen? Das Licht über dem Horizont glimmert, als glose weit entfernt ein gewaltiges Feuer, der Mann steht stocksteif da, groß und schmal, ein Strich, mehr nicht, und doch macht er ihm Angst. Trägt er tatsächlich weder Schuhe noch Strümpfe? Wartet der Mann auf ihn? Am hohen Himmel treiben Wolken, er sieht George vor sich, seine große, knollige Nase, steigt aus dem Wagen, hebt den Blick und stellt fest, da steht kein Mann, niemand, durch die Birken streicht Wind, der die Blättchen tanzen macht, silberne Händchen, die applaudieren, er hat sich täuschen lassen.

Dann endlich heult er.

//

In der letzten Aprilwoche steht eine kurze Lesereise in Deutschland an. Er parkt das Auto auf dem winzigen Flughafen in Sligo und fliegt mit der Propellermaschine nach Dublin, die im Volksmund *vomit commit* genannt wird. Bevor die Maschine startet, bittet die Hostess einen großen Mann, sich auf die andere Seite zu setzen, »damit das Gleichgewicht stimmt«. Im Lauf der Zeit nennen ihn die Angestellten des Flughafens, der in der Finanzkrise 2007 endgültig geschlossen werden wird, beim Vornamen und behandeln ihn wie einen *local*; auf dem Fernseher der Bar wird er am 11. September 2001 zusehen, wie die Flugzeuge in New York in die Twin Towers rasen, während er auf Sabrina wartet, die von einer Tour mit ihrer Band durch England zurückkehrt.

Auf dem Weg zu seiner Lesereise fühlt er sich in der Abflughalle in Dublin nicht länger als Ausländer, sondern als zugehörig, nicht als Ire, das nicht, aber doch als zugehörig, immerhin lebt er jetzt hier. Sieht er nicht aus wie einer von ihnen? Die Schutzbezüge der Sessel der Aer-Lingus-Maschine nach Frankfurt sind mit Zitaten irischer Nobelpreisträger bedruckt, was ihn, er weiß, wie lächerlich das ist, mit Stolz erfüllt; in den Jahren des Booms werden die Sitzbezüge ausgetauscht werden, und die Sätze der Schriftsteller verschwinden.

Früher hat er es genossen, auf Bühnen zu sitzen und aus einem seiner Bücher vorzulesen, jetzt wünscht er sich, dass er die kurze Lesereise so schnell wie möglich hinter sich bringt. In Wiesbaden sitzt eine Frau in der ersten Reihe, eine Ledertasche auf den Knien, in der ein Hund liegt und laut schnarcht, in Limburg an der Lahn tropft einer Frau Blut aus der Nase, als er sein Buch für sie signiert, in Wuppertal liest er vor einer einzigen Zuhörerin, die in letzter Sekunde auftaucht; er will schon von der Bühne gehen, vor sich die achtzig leeren Stühle, als sich die Rolltreppe in Bewegung setzt und die einzige Zuhörerin nach oben vor sein Podest trägt. In Oberhausen übergibt sich ein Mann in einer der vorderen Reihen in den Schoß seiner Sitznachbarin, und in Frankfurt erklärt ihm ein Mann in zerschlissener Lederjacke, dass seine Bücher Scheiße sind. Er bleibt ruhig, indem er sich an sein Küchenfenster in Donegal imaginiert und sich vorstellt, wie die Blue Stack Mountains in später Abendsonne erglühen. Die Zeit vergeht langsam, doch sie vergeht. Er verkauft Bücher, er verdient Geld und verschafft sich freie Schreibzeit. Lieber als über sein Buch würde er über Irland Auskunft geben, über seine ungewohnte Lebenssituation; er lernt, über etwas zu reden und gleichzeitig an etwas anderes zu denken. In den Hotelzimmern, in denen er untergebracht wird, ist es ihm zu laut und viel zu warm, als Erstes dreht er in den Zimmern die Heizung herunter und stößt die Fenster auf.

Als er nach sechs Tagen in Frankfurt endlich die Maschine der Aer Lingus nach Dublin besteigt, ist es, als betrete er heimatlichen Boden; er muss sich beherrschen, die Hostess, die die Fluggäste begrüßt, vor lauter Freude nicht zu umarmen. Ist er nicht einer von ihnen?

//

The Corner House, Ardara

A
Seans Hände sind eiskalt!
B
Michael fasst mich schon lange nicht mehr an.
A
Mundgeruch hat er auch.
B
Das haben alle. Wir auch.
A
Aber nur morgens.
B
Schön wär's.
Fahrt ihr diesen Sommer wieder nach …
wie heißt der Ort nochmal?
A
Youghal. Sean gefällt der Golfplatz. Und ihr?
B

Vielleicht nach Spanien.
A
Du hast es gut, Caitlin!
B
In Spanien ist es brütend heiß.
A
Und in Youghal regnet es noch öfter als hier.
Sarah hat ein Verhältnis!
B
Mit wem?
A
Sagt sie nicht.
B
Bestimmt mit Dan.
A
Dan? Er vergöttert seine Anne.
Vor allem seit sie schwanger ist.
B
Das hat noch keinen abgehalten.
A
Gestern hab ich Sean gesagt, dass er etwas gegen Frauen hat. Weißt du, was er antwortete?
B
Er hat es abgestritten.
A
Quatsch, hat er gesagt. Meine Mutter ist schließlich auch eine.
B
Da hat er auch wieder recht.

//

Anfang Mai, die Tage werden endlich spürbar länger, kauft er einen Rucksack und fängt an, die Hügel hinter seinem Haus zu erkunden. Vögel scheucht er auf, er sieht Hasen und Dachse, über ihm kreisen Bussarde, er geht durch große Schafherden, die sich vor ihm teilen und hinter ihm schließen. Dass er nach wenigen Meilen die grüne Grenze nach Nordirland überquert, versteht er, als er die Landkarte studiert. Loughkip. Croaghnameal. Tullygallantullywee. Allein die Namen der Weiler, die er durchwandert, der Hügel, die er besteigt, lesen sich wie ausgedacht. Meilenweit sieht er kein Haus, keinen Stall, keine Spur menschlicher Zivilisation. Bäume, vom Widerstand, den sie dem harschen Wind permanent entgegensetzen müssen, nahezu waagrecht niedergebeugt, wirken, als seien sie in der Flucht erstarrt. Er durchquert Morast und Sumpfland, wassersatte Heide, kämpft sich durch zähes Wurzelgeflecht, der Himmel verändert sein Gesicht alle paar Augenblicke. Er begegnet vereinzelten Schafen, Ausreißer und Stromer, die halbe Büsche in ihrem verfilzten Fell mit sich tragen. Die Handvoll Windräder, die auf einer in den Hügel geschlagenen Schneise gut zwei Meilen oberhalb von Leghawney stehen, besucht er regelmäßig, weil er es genießt, auf einem der mächtigen Betonsockel zu sitzen und, den Rücken an den Eisenmast gelehnt, das Vibrieren der gewaltigen dreiflügligen Propeller zu spüren, die sich bei starkem Wind drehen, als sei es ihre Aufgabe, den Hügel wie ein Frachtflugzeug in die Luft zu bekommen.

//

Ende Mai schwimmt er das erste Mal im Lough Cuill, vier Meilen hinter seinem Haus in den Hügeln; der torfhaltige Boden färbt das Wasser braun, welches sich seidig weich anfühlt. Er schafft sich ein Biwakzelt an und schläft einige Nächte am Ufer des kleinen Sees, bis ihn ein Farmer frühmorgens aus dem Schlaf holt, mit dem Gewehr bedroht und vertreibt; Gerry wird ihm später erzählen, dass der Mann Ruary heißt, allein auf einer heruntergewirtschafteten Farm haust und im Gefängnis saß, weil er seinen Vater, der ihn jahrelang verprügelte, halb totschlug, derjenige ist, der seine Hunde über Nacht in den Trailer sperrt.

//

Der Wind ist immer präsent, sogar wenn er nicht weht, weil er dann, argwöhnisch, da der Ruhe erfahrungsgemäß nicht zu trauen ist, nur darauf wartet, dass er erneut anhebt, als Flüstern vorerst, das er sich auch einbilden könnte, als Flüstern, das nach und nach zur Stimme wird, die sich laut und immerzu lauter zu Wort meldet, eine Stimme, die selten wieder leiser wird oder gar verstummt, sondern meist zum Brüllen schwillt, das keine Widerrede duldet. Erschreckende Macht verleiht die Vorstellungskraft dem Wind vor allem nachts: Das Dach wird er davontragen! Das Haus niederreißen! Strommasten umstürzen! Telefonmasten knicken! Bäume entwurzeln!

Auf seiner Wiesenkanzel in Murvagh sieht er gebannt zu, wie Wind die Wasserflächen des Atlantiks umschichtet, Vögel in den Himmel wirft oder zu Boden drückt, versprengte Wolken zu furchteinflößend gigantischen Zitadellen zusammentreibt, Bahnen in Riedgras streicht. In seinem Wohnzimmer zieht er unmerklich den Kopf ein, wenn der Wind in Dachsparren singt, an Blechkanten klingelt, im Kamin murmelt, als rufe verstohlen ein lange vergessener Freund nach ihm.

//

Die Frau mag klein und schmal sein wie ein Kind, ein Schulmädchen, doch sie ist es gewohnt, Anweisungen zu erteilen, vielleicht sogar Befehle, das erkennt er auf den ersten Blick. Sie ist sorgfältig, wenn auch übertrieben stark geschminkt, ihr weißes, hochtoupiertes Haar hat einen Blaustich, und im Nachhinein fragt er sich verwundert, ob es an der Brille mit Schmetterlingsgläsern und dem rosa Lippenstift liegt, dass er mit absoluter Gewissheit weiß, dass sie Amerikanerin ist, noch bevor sie ein Wort gesagt hat. Der Mann, der sie begleitet und einen Schritt hinter ihr steht, als drohe ihm Gefahr oder als sei er nicht freiwillig hier, ist zweifellos ihr Sohn, so ähnlich sehen sie sich. Seine Körpersprache legt nahe, dass es nicht einfach gewesen sein wird, im Schatten dieser kleinen resoluten Frau aufzuwachsen und gleichwohl ein gesundes Selbstvertrauen zu entwickeln. Er schätzt ihn auf sechzig und seine Mutter auf Mitte achtzig.

»Wollen Sie uns nicht hereinbitten?«

Ihre schrille Quäkstimme passt nicht zu ihrem warmen gütigen Blick, wohl aber zu ihrem forschen Auftreten.

Wie sich herausstellt, hat Rosaleen Burke die Four Masters National School von 1919 bis 1932 besucht. Nach Stationen in Dublin, Leeds, New York und Boston lebt sie seit dem Tod ihres Mannes Padraic in Florida in einer Altersresidenz. Padraic hat sie bei der St-Patrick's-Day-Parade in Boston kennengelernt; wie sie stammte er ursprünglich aus Irland, aus Clifden bei Galway, wo sie seit 1969 jedes zweite Jahr den Sommer verbrachten; ihre ehemalige Schule in Donegal hat sie in all dieser Zeit nie wieder besucht. Sie reist ein letztes Mal, wie sie sagt, durch ihre Heimat, zeigt ihrem Sohn Liam bei dieser Gelegenheit die Orte ihrer Kindheit und Jugend sowie eben ihre ehemalige Schule. Sie sitzen in der Küche bei Tee und Streuselkuchen, den sie mitgebracht hat, er hat ihr das Haus gezeigt, sie ihm ein Foto ihres Mannes Padraic in jungen Jahren: Er steht auf einem Weg, der sich in der Unschärfe verliert und hält ein Herrenfahrrad am Sattel fest. Seine Hosen haben Bügelfalten, am rechten Bein trägt er eine Hosenklammer, die in der Sonne blitzt. Er sieht aus wie ein Mann, der ein Ziel hat, es aber nicht eilig hat, dieses zu erreichen. »Oh Jesus, Mary and Saint Joseph!« Der entsetzte Ausruf ihrer Mutter, nachdem sie ihr eröffnet hatte, sie gehe nach Dublin, um Arbeit zu finden, bringt Rosaleen Burke noch immer zum Lachen. Als sie sich nach zwei Stunden verabschiedet, wischt sie sich Tränen aus den Augen, als sie in der *porch* den Kleiderhaken mit der Nummer 29 mit den Händen umfasst. Ihr Sohn Liam hat kaum etwas gesagt, seiner Mutter aber mehrmals die Hand auf die Schulter gelegt und sie liebevoll gestreichelt. Neun Monate nach ihrem Besuch schickt Liam ihm die Todesanzeige seiner Mutter und ein unscharfes Schwarzweißfoto der Four Masters National School. Als er nach zweiundzwanzig Jahren weiterzieht und Donegal in Richtung Maine verlässt, schraubt er in der *porch* den Kleiderhaken mit der Nummer 29 von der Wand und nimmt ihn mit.

//

Wie jeden Sonntagmorgen fährt er auch am dritten Maisonntag nach Laghey und kauft sich an der Tankstelle die *Sunday Times*, den *Irish Independent* sowie den *Guardian*, vier Kilogramm Lektüre für eine ganze Woche. Bislang war der Fußballplatz, der etwa eine Meile von seinem Haus entfernt direkt an der Straße liegt, verwaist, manchmal grasten Schafe darauf, mehr nicht, aber an diesem Maisonntag findet ein Match statt; er hält an, parkt und stellt sich an den Spielfeldrand. Er hat nicht gewusst, dass der Weiler Copany, zu dem neben seinem Schulhaus nur fünf andere Häuser gehören, eine Fußballmannschaft besitzt. Der Gegner, das erzählt ihm ein Mann, der sagt, er sei sechs Jahre lang in seinem Wohnzimmer von einem Lehrer mit einer Gerte verprügelt worden, heißt Gweedore Celtic, *a fucken' good team, believe you me!* Er erfährt, dass der Coach der Copany Rovers zwei Häuser von ihm entfernt bei seiner Mutter wohnt und nach ihm gefragt hat: *Them Germans know how to play, he should be in my team!* Er verzichtet darauf, dem Mann zu erklären, dass die Schweiz keineswegs Teil von Deutschland ist. Nach der Pause stellt sich Coach Francis neben ihn, verwickelt ihn in ein Gespräch über Fußball, schwärmt von seiner Lieblingsmannschaft Liverpool und spottet über Manchester United. Als der Schiedsrichter das Spiel abpfeift, erklärt Francis ihm, dass die Copany Rovers mittwochs trainieren und er sich freuen würde, ihn in der Mannschaft begrüßen zu dürfen.

Am nächsten Tag kauft er sich in Donegal Town Schienbeinschoner, kurze Hosen und ein Paar Stollenschuhe, am Mittwoch steht er in einem halbwegs leer geräumten Stall neben dem Fußballplatz, der als Garderobe dient, in dem es nach Schafen, Düngemittel, Bier und ungewaschenen Männerfüßen riecht. Die zehn anderen Männer begrüßen ihn freudestrahlend; er ist der Einzige, der Fußballschuhe trägt, die anderen trainieren in Turnschuhen. Ein junger Mann mit strohgelben Kräuselhaaren, die ihm wie ein Dornenkranz auf dem Haupt liegen, hat Wanderschuhe mitgebracht, in deren Profilsohlen Mistbatzen kleben. »Die richtigen Schuhe«, erklärt er ihm, während er in blutverschmierte Schienbeinschoner schlüpft, »sparen wir uns für die Spiele auf!« Es nieselt, der Wind ist eiskalt, der Boden tief und schwer. Nach einigen Dehn- und Lockerungsübungen und einem kurzen Lauftraining spielen sie quer über den Platz. Francis spricht kein Wort mit ihm, spielt im gegnerischen Team, offenbar um ihn persönlich zu decken und bei jedem Kontakt spüren zu lassen, dass der irische Fußball sehr körperbetont ist. Nach dem Training nimmt Francis ihn am Arm, führt ihn hinter den Stall und steckt sich eine Zigarette an: »Deine

Technik ist gar nicht schlecht, aber du bist aus Papier. Ich will, dass du in die Zweikämpfe gehst wie ein Mann!« Er wird ihn am nächsten Sonntag um zehn Uhr abholen: Sie spielen gegen Dromod, er wird Nummer 18 erhalten und im zentralen Mittelfeld spielen. »Und zwar in der Startaufstellung. Also trink nicht zu viel!«

//

Der Platz des FC Dromod spottet jeder Beschreibung, gehört jedoch, wie sich herausstellt, zu den besseren der Liga, in der sie spielen. Die erste Halbzeit spielen sie bergab, die zweite bergauf, die Torlatte auf der Bergseite des Platzes ist schief, in die wannenförmige Vertiefung in der Nähe des Anspielpunktes tritt er nur einmal, zum Glück ohne sich zu verletzen. Dass auf ihren Trikots ausgerechnet der Name des Schreib- und Büromaschinenherstellers Brother steht, will er nicht als Zufall abtun. Wie viel der Sponsor zahlt, weiß nicht einmal Coach Francis zu beantworten. Wer von seinen Mannschaftskollegen wohl eine Schreibmaschine besitzt oder je auf einer geschrieben hat? Sie gewinnen 5:4; er schießt das zweite Tor und bekommt für Fouls, für die man ihn in der Schweiz vom Platz gestellt hätte, nicht einmal die gelbe Karte. In Ardara müssen sie zuerst eine Schafherde vom Platz treiben, in Towney liegt das Feld so nah am Atlantik, dass der Verein ein hohes Netz aufgespannt hat, da die Versuchung groß ist, den Ball aufs Meer hinauszuschießen. Auf einem Platz spielen sie im Schatten der Kirche, und er kann sich nicht auf das Spiel konzentrieren, weil er sich vorzustellen versucht, was er dem Pfarrer sagen würde, säße er im Beichtstuhl. Auf einem Platz stolpert er über einen Autoauspuff, auf einem anderen über einen Damenschuh, in einem Dorf spielen sie neben einer Grastrocknungsanlage, deren Gebläse so laut ist, dass die Pfiffe des Schiedsrichters beim besten Willen nicht zu hören sind, in einem anderen neben dem Schlachthof, wo der Wind nicht nur den Geruch nach Fleisch und Blut zu ihnen herüberträgt, sondern auch die verzweifelten Schreie der Tiere, die zur Schlachtbank getrieben werden. Viele gegnerische Spieler riechen nach Alkohol, viele nach Tabak, etliche nach Mist. Ein Schiedsrichter legt ihm mit einem *well done* anerkennend die Hand auf die Schulter, weil er einen Gegner über den Haufen gerannt hat, ein anderer gratuliert ihm zu einem Freistoß, der knapp übers Lattenkreuz zischt. Er kämpft, grätscht und schubst, hilft Gegnern auf die Beine, die er gefoult hat, er tritt Eckbälle und Freistöße und sitzt nach jedem Match lange in der Badewanne, um seine Blessuren zu pflegen, todmüde und kaputt, überglücklich.

//

James Johnston, 2. Reihe

Longnose Quinn hat Dutzenden von Schülern geholfen, die Schule zu hassen und Lehrern nicht übern Weg zu trauen. Keiner ging gern zu ihm. Keiner! Er stank nach Brylcreem; die Spuren des Kammes in seinen öligen schwarzen Haaren sahen aus wie die Furchen, die mein

Vater und ich mit dem Pflug in den Acker zogen. Die ganze Schulzeit über musste ich mich beherrschen, ihm nicht die Schuppen von den Achseln zu wischen, groß wie Schneeflocken, die nicht schmolzen, aber in dein Heft rieselten, wenn er sich über dich beugte. Er hatte eine Nase, die man keinem Gesicht zumuten sollte. Einmal benutzte ich die Außentoilette nach ihm, danach konnte ich ihn nicht mehr für voll nehmen, nicht einmal, wenn er mich mit dem Zollstock prügelte. Boden und Toilettenring waren mit blutroten Tropfen gesprenkelt, es hat gestunken wie die Pest. Dass ich eines seiner Lieblingsopfer war, hatte zwei Gründe: Ich bin Protestant, und ich bin Linkshänder. Wie er das Problem mit der *falschen* Religion löste, störte mich nicht das kleinste Bisschen; während die anderen am Morgen und nach der Mittagspause ein Gebet sprachen, mussten wir drei Andersgläubigen vor der Schule warten, was uns etwas freie Zeit bescherte. Wie er uns Linkshänder behandelte, war weniger schön: Der »Korrekturhandschuh« aus dickem grauem Filz war mit Pferdehaar gefüttert, kratzte, stank nach Mist und Schweiß, ein Fäustling, der aussah wie der Sack, in dem mein Vater neugeborene Katzenwürfe ersäufte. Longnose Quinn schnürte ihn so straff zu, dass ich schon in der zweiten Stunde kein Gefühl mehr in der linken Hand hatte und bis zum Mittag den Arm nicht mehr spürte. Ich habe mein ganzes Leben lang nicht ein Wort mit rechts geschrieben – nachdem ich mit der Schule fertig war, meine ich. Kein einziges Wort! Ich bin und bleibe Linkshänder.

Mein Vater war für seine Freundlichkeit ebenso bekannt wie für seine Wutanfälle. Wenn er brüllte, weil ihm etwas gegen den Strich ging, hörte man ihn sogar in Laghey, vier Meilen entfernt. Ich lernte früh, ihm nicht im falschen Augenblick in die Quere zu kommen. Was ich weiß, weiß ich von ihm. Longnose Quinn hat mir nichts beigebracht, mein Vater alles, auch den Trick, einen Ast zu zerbrechen, sollte sich ein Dachs in mein Bein verbeißen: Das Knacken bringt den Dachs dazu, seinen Kiefer zu öffnen, der zupackt wie ein Schraubstock, weil er glaubt, der Knochen im Bein ist entzwei.

Drei Monate nachdem ich 1966 aus der Four Masters School austrat, starb mein Vater an Krebs, und ich übernahm den Hof. Meine Mutter war eine kleine Frau, die ihre Hände brauchte, um zu arbeiten. Ich habe sie nie fluchen gehört, nach dem Tod ihres Mannes lächelte sie selten, aß kaum mehr etwas und wurde jeden Tag etwas kleiner und schmaler, bis sie aussah wie ein Fragezeichen, das sich durchs Haus bewegte. Frauen, mit denen ich zusammen war, fühlten sich unwohl bei uns, von Mutter beobachtet und taxiert. Vielleicht habe ich darum nie geheiratet. Wir lebten dreiundzwanzig Jahre in Ruhe und Frieden unter einem Dach, am 24. April 1990 sank sie vom Stuhl. Sie lag auf der Seite und schien aus dem Fenster zu sehen, den Mund zu einem verwunderten O geformt, die linke Hand zur Faust geballt. Sie trug das blaue Kleid, das sie auch zur Messe in Laghey trug. Natürlich beerdigte ich sie neben Vater, dereinst werde ich neben ihnen liegen.

An meiner früheren Schule fahre ich häufig vorbei; ich gebe zu, dass ich in der ersten Zeit daran gedacht habe, mich an Longnose Quinn zu rächen. Nach dem Tod meines Vaters holte ich seine Winchester aus dem Versteck, seither öle und pflege ich sie, nehme sie auseinander und baue sie wieder zusammen. Aber damit geschossen habe ich nie. Longnose Quinn unterrichtete, bis die Schule geschlossen wurde; was aus ihm geworden ist, interessiert mich nicht mehr. Es ist klug und es ist vornehm, sich vor sich selbst zu schützen, auch das hat Vater mir beigebracht. Für Father Connolly, der die Schule kaufte, nachdem sie geschlossen wurde, mähte ich das Gras, bis er herausfand, dass ich kein Katholik bin. Das Ehepaar, das sie nach ihm kaufte, habe ich nicht kennengelernt, ich sah sie, wenn ich am Schulhaus vorbeifuhr, wir grüßten uns, aber geredet haben wir nie. Einmal saß der Mann, ich glaube, er heißt Richard, im Garten und spielte Gitarre, seine zwei blonden Töchter spielten mit einem Ball. Seit kurzem lebt ein Mann allein in meiner Schule, er stammt aus der Schweiz, wenn ich mich nicht irre, man sagt, er sei Künstler, was immer das heißt.

//

Der neue Briefträger, dünn, jung, ist Nichtraucher und hat offenbar kein Bedürfnis, sich mit einem *blow-in* zu unterhalten; nachdem er den Briefkasten in der Schulhausmauer geleert hat, sitzt er jeweils zehn, fünfzehn Minuten bei laufendem Motor im Wagen, packt eine Tupperdose und eine Thermoskanne auf den Beifahrersitz, isst, trinkt und hört Radio. Offensichtlich macht er vor seinem Haus Pause. Es fällt ihm schwer, nicht vors Haus zu gehen und ihn anzuherrschen, den verfluchten Motor auszuschalten. Den Moment, ihn ruhig darum zu bitten, hat er verpasst. Außerdem ist es keine gute Idee, es sich mit dem Briefträger zu verscherzen. Und so sitzt er am Schreibtisch, hört das Pluckern des Automotors und versucht, den Sätzen auf die Spur zu kommen, nach denen er sucht.

Briefe, die er verschickt, wirft er in den Briefkasten, der in die Wand eingefügt ist, die ihm gehört; die Briefmarken kauft er nicht im Postamt in Donegal Town, sondern in der winzigen Post in Laghey, in der donnerstags alte Frauen und Männer Schlange stehen, die ihre Rente abholen und bei dieser Gelegenheit Neuigkeiten austauschen, von Söhnen erzählen, die in Los Angeles arbeiten, Töchtern, die nach Leeds geheiratet haben. Er wird Ohrenzeuge von Tragödien wie von Komödien, lernt den Hang der Iren zur Melodramatik kennen und schätzen. Es wird geschimpft, gelacht, geflucht, gejammert, gelobt. Enkel kommen zur Sprache, die zu viel trinken, Großväter, denen die Hand zu locker sitzt, Großmütter, die ihre eigenen Kinder nicht mehr erkennen, Frauen, die auf dem hohen Ross sitzen, Ehemänner, die es nie lernen – was sie nie lernen, bleibt offen. Genau wie in den Pubs der Umgebung lernt er in der Post in Laghey Redewendungen, die in keinem Sprachbuch stehen. *That gal is easy on the eye! Love and marriage go together like horse and carriage. She has a face on her like a goat chewing a rose. He is as useful as tits on a bull! She is so ugly she would turn the milk sour! I'm as sick as a train to Lourdes! He's so dirty you could plant potatoes between his toes! He's as big a fake as a three pound note!*

Neun Jahre später wird das Postamt geschlossen werden, weil der junge Mann, der sie leitet und hinter dem Schalter steht, das Geld der Rentner veruntreute.

//

So viele Mücken hat er noch nie gesehen, dichte schwarze Wolken, die über ihnen schweben, sich ruckartig verschieben, blitzartig in Angriffsmodus übergehen, wie Kampfverbände ausschwärmen und sich auf sie stürzen. Er ist der Einzige, der sich daran stört, wild um sich schlägt, schimpft und flucht. Weder Gerrys Ehefrau Eileen noch ihre Kinder Bernadette und Ronan scheren sich um die Stiche, die höllisch jucken und innerhalb von Minuten zu Olivengröße anschwellen; Gerry arbeitet sogar in kurzen Hosen und mit nacktem Oberkörper. Gerrys Landstück, in dem sie Torf stechen, liegt über dem Lough Cuill auf einer abgeschiedenen Hochebene, von der man über die Donegal Bay sieht. Die Arbeit ist anstrengend, er muss sich an die runde, fließende Bewegung gewöhnen, mit der er mit dem Stecheisen eine Sode aus dem Torfwall absticht und dann schwungvoll zu der Stelle wirft, an der Eileen, Bernadette und Ronan die Riegel von Hand aufheben, auf den Karren legen und zum Trockenplatz fahren, wo sie sie stapeln. Gerry arbeitet ruhig, seine Bewegungen mit dem Stecheisen sind aus einem Guss, die Soden, die er absticht, perfekt geformt, gleichmäßig groß.

Das Wetter ist schwül, die Luft feucht, und erst gegen Abend kommt Wind auf, der zwar die Mücken vertreibt, dafür aber Bremsen bringt, die sich auch durch den

Qualm der Zigarillos, die Gerry raucht, nicht vertreiben lassen. Er hat Blasen an beiden Händen, Schmerzen an den Oberarmen; als sie die Arbeit beenden, kann er sich kaum aufrichten: Sein Rücken ist die Sitzerei des Schriftstellers gewöhnt, nicht aber die Arbeit des Torfstechers. Sie laden die Werkzeuge in Gerrys Pickup und fahren zu Biddy's O'Barnes, wo sie Burger bestellen und Cider, der ihn an flüssigen Honig erinnert. Eileen erzählt von ihrer Zeit in London, als sie bei Schweppes am Band arbeitete, Etiketten an die Flaschen klebte und kontrollierte, ob die Kronkorken richtig saßen, elf Jahre, die sie genoss, obschon die Arbeit schlecht bezahlt war und sie als Irin schlecht behandelt wurde.

Später steht an einem der Nebentische ein Mann auf und fängt ohne Vorankündigung an zu singen, »The Wild Rover«, wie Gerry ihm später erklärt, die Stimme des Mannes ist erstaunlich zärtlich, sein Blick in die Ferne gerichtet.

I've been a wild rover for many's the year
And I've spent all my money on whiskey and beer.
But now I'm returning with gold in great store
And I never will play the wild rover no more.

Das Glas Whiskey, das der Sänger in die Höhe hält, zittert leicht und fängt das Abendlicht, welches durch das Fenster fällt, und wirft einen Goldkeil auf den Fußboden, der im gleichen Moment erlischt, in dem der Mann sein Lied beendet und sich hinsetzt.

//

The Black Cat Cove, Belleek

A
Wenn ich ihn das nächste Mal sehe, prügle ich ihm sieben Sorten Scheiße aus dem Leib, glaub mir.
B
Keine Frage. Wem?
A
Was?
B
Von wem redest du?
A
Poxie!
B
Der hat's verdient. So viel steht fest.
A
Und ob! Noch einen?
B
Nimmt mir vielleicht die Furcht vor Gott, warum nicht.
A
Seamus! Zwei Jameson.
B
Und wie geht's der Missus?
A
Frag nicht.
B
Dann nicht.
A
Und deiner?
B

Gut. Glaub ich. Wir reden ja nicht mehr miteinander.

A

Reden wird sowieso überschätzt.

B

Findet sie nicht. Glaub ich.

A

Soll sie mit dem Hund reden.

B

Blacky ist tot.

A

Blacky? Seit wann?

B

Vor drei Wochen.

A

Tut mir leid. Gott hab ihn selig.

B

Gott hab ihn selig. Auch wenn er kaum an ihn geglaubt hat.

A

Trotzdem.

B

Trotzdem. Stimmt. Poxie ist ein Arsch!

A

Sag ich doch!

//

Mit der ersten Juliwoche findet ein Sommer nach Donegal, der einem südlichen Land gehört und von Spanien oder gar Afrika nach Irland heraufgezogen scheint. Die

Schwalben kehren zurück und finden ihre Nester, aus den Wassergräben entlang der Straßen kriecht Geißblatt, Heidekraut und Ginster blühen. In den Feldern sind bis in die frühen Morgenstunden Farmer auf ihren Mähmaschinen unterwegs, er sieht ihre Scheinwerfer über die Hügel kriechen, hört die Musik, die aus ihren Transistorradios dringt. Der Farmer, der sonst mit grimmigem Gesicht jeden Tag mehrmals auf einem Quad am Haus vorbeifährt, seinen Sheepdog mit flatternden Ohren auf der Ladefläche, singt aus voller Brust und hört auch nicht damit auf, während er auf seinen Weiden herumkurvt, um nach den Schafen zu sehen und Füchse oder streunende Hunde zu verjagen. In den über zwanzig Jahren, die er in Donegal lebt, werden sie sich nicht ein einziges Mal unterhalten, offenbar genügt es ihnen, sich aus der Ferne zu begrüßen oder sich ein »Hello« oder »How are things« zuzurufen, wenn er an ihm vorbeiflitzt.

Am Horizont stehen Staubfahnen, es duftet nach geschnittenem Gras, Lavendel, trockenem Heu und gegrilltem Fleisch, die Leute sitzen vor ihren Cottages und Bungalows, Taschentücher auf den verbrannten Köpfen, und fluchen über die Hitze, nach der sie sich gesehnt haben. Zum ersten Mal, seit er in Donegal lebt, bleibt der Regen für mehrere Tage aus, versiegt der Wind, ist es nachts warm. Die Ruhe vor dem Sturm? Die Menschen sind reizbarer, als er sie sonst erlebt, vor Pubs kommt es zu Schlägereien. Er schläft zwei Nächte auf dem Flachdach des Küchenanbaus, findet jedoch kein Mittel gegen die Mücken. Da es im Schlafzimmer unter dem Dach drückend heiß ist, zieht er ins Krähenzimmer. Es ist, als räkle sich das Schulhaus in der ungewohnten Sonne, es knirscht, knackt und knistert. Ist es im Begriff aufzustehen, Ballast abzuschütteln und sich Richtung Atlantik davonzumachen? Um die Ursache des scharfen Gestanks zu finden, der sich in seinem Schreibzimmer breitmacht, steigt er auf den stickigen Dachstock und durchsucht ihn; der tote Marder liegt neben dem Wassertank unter einem Koffer, in dem weitere Fotos von Father Connolly liegen, die er sich lange ansieht. Den Kadaver begräbt er auf seinem Grundstück, ein Black-Sabbath-T-Shirt vor Mund und Nase gebunden.

//

In der blauen Abenddämmerung schießen Fledermäuse zwischen Büschen und Bäumen dahin, schnelle schemenhafte Schatten, denen sein Auge kaum zu folgen vermag, die auf die Wolken von Mücken niederstürzen, über sein Haus jagen, den Himmel durchkreuzen und bei Einbruch der Nacht wie auf Kommando in die Hügel abziehen, wobei er die dünnen spitzen Pfeiftöne zu hören glaubt, die sie dabei ausstoßen.

//

Wie leichtsinnig und gefährlich es ist, ausgerechnet am 12. Juli nach Nordirland zu fahren, begreift er, als ihn der Soldat, er sieht nicht älter aus als ein Teenager, an der Grenze vor Belleek auffordert, mit seinem Wagen in eine Metallbox in der Größe einer Einzelgarage zu fahren.

Die drei Soldaten, die ihn eskortieren, die Maschinengewehre im Anschlag, sind kaum älter. In der Metallbox ist es drückend heiß, es riecht nach Benzin und erhitztem Gummi, und während sein Auto nach Bomben abgesucht wird, spürt er Panik in sich aufsteigen, die er nur in den Griff bekommt, indem er die Augen schließt und sich an einen anderen Ort imaginiert, an seinen Schreibtisch. Später wird er lernen, dass verdächtige Vehikel in die Metallbox geleitet werden, um den Schaden einer detonierenden Bombe zu begrenzen. Der Soldat, der mit der Faust auf das Dach seines Wagens schlägt und ihm befiehlt, aus der Box zu fahren, holt ihn in die Wirklichkeit des 12. Juli 1997 zurück. Der Soldat verlangt, dass er das Fenster nach unten kurbelt und ihm seine Ausweise reicht. Die Route über Belleek nach Enniskillen führt am Südufer des Lower Lough Erne entlang, darum hat er sie gewählt; zurückfahren will er am anderen Seeufer, über Ballinamallard und Kesh bis nach Pettigoe an der Grenze zur Republik. Der Soldat sieht ihn nachdenklich an, dann geht er zu einer Baracke hinüber, seine Papiere in der Hand. Im gleichen Moment, in dem er die Tür öffnet und eintritt, schwebt ein Militärhubschrauber von Belleek her im Tiefflug über die Landschaft, kippt in Schräglage und verschwindet Richtung Lough Erne. Soll es ihn beruhigen, dass die drei Soldaten, die mit Maschinengewehren auf ihn zielen, während seine Papiere studiert werden, offensichtlich so nervös sind wie er? Auf seine Versuche, Augenkontakt aufzunehmen, gehen sie nicht ein. Schießen sie, wenn er sich falsch verhält? Schließlich tritt der Soldat aus der Baracke und kommt mit gesenktem Blick auf ihn zu; als er ihm seine Papiere reicht, schaut er knapp an ihm vorbei und will wissen, ob er wegen der Parade in Nordirland ist? Die Gegenfrage »Welche Parade?« kann er sich verkneifen, nickt stattdessen und startet den Motor, traut sich aber erst loszufahren, als der Soldat auf das Dach seines Wagens hämmert und die Waffen gesenkt werden.

Nach der Begegnung an der Grenze hat er nicht mehr das Bedürfnis, Enniskillen zu besichtigen; neben der Portora Royal School, die nicht nur Oscar Wilde, sondern auch Samuel Beckett besuchte, der über die dort erhaltene Bildung schrieb: »I use it still, to scratch my arse with«, wollte er die von der IRA ausgebombte Polizeistation und den Pub William Blake ansehen, in dem Seamus Heaney und John McGahern offenbar regelmäßig sitzen, zwei seiner Lieblingsschriftsteller. Die Stadt wirkt grau, düster und abweisend, die wenigen Menschen, die er sieht, haben grimmige, misstrauische Gesichter. Er dreht das Radio an und hört von Spannungen in katholischen Vierteln in Belfast und Portadown, weil die protestantischen Orden der Oranier nicht darauf verzichten wollen, ihre Paraden zu veranstalten.

Dass in Ballinamallard ebenfalls eine Parade zum 12. Juli abgehalten wird, begreift er erst, als er sich der Ortschaft nähert: Noch nie hat er derart viele Union-Jacks gesehen; Bordsteine sind rot, weiß und blau gestrichen, in großen Zelten und ausgeräumten Scheunen stehen weiß gedeckte Tische, Beamte der RUC patroullieren unter den vielen Zuschauern, ein Chor der Heilsarmee singt.

»Fuck the pope«, ist das Erste, was er hört, als er aus seinem Wagen aussteigt.

Der Mann starrt ihn streitsüchtig und kampfbereit an, deutet auf sein Schweizer Kennzeichen, lässt sich dann aber von seinen Begleitern wegziehen. Woher weiß der Mann, dass er Katholik ist? Ist es klüger, weiterzufahren? Er mischt sich unter die Menge, die am Straßenrand wartet, wird freundlich begrüßt von einem Mann, der ihn einweiht, dass die Bands mit ihren Bannern durch Ballinamallard und wieder zurückmarschieren, danach gemeinsam essen und trinken und den Rednern zuhören. Der Mann will zwar wissen, woher er kommt, aber er fragt ihn nicht nach seiner Konfession. Würde er verleugnen, dass er katholisch erzogen wurde, oder würde er es erzählen, aber betonen, dass er mit zwanzig aus der katholischen Kirche ausgetreten ist? Bald marschieren die Bands an ihnen vorbei, die Männer tragen orange Schärpen, Schwert und Melone und spielen mit Dudelsäcken, Flöten, Pfeifen, Handorgeln und Trommeln eine Art Marschmusik, die ihn seltsam anrührt. Auf den Bannern der Bands stehen die Namen der Orte, aus denen sie kommen, Mullaghboy, Augharegh, Church Hill, Scotshouse, gemalte Szenen zeigen Prunk und Leid der Unionisten. Als er auf einem Banner liest *»Suffer Death Rather Than Submit To Popery«* hat er genug und fährt weiter. Später wird er lernen, dass am 12. Juli 1690 die Schlacht am Boyne geschlagen wurde, in welcher der protestantische König Wilhelm III. von England den katholischen ehemaligen König von England Jakob II. besiegte und das abgefallene Irland erneut unterwarf. In den zweiundzwanzig

Jahren, in denen er in Donegal lebt, wird er am 12. Juli nie mehr nach Nordirland fahren.

//

Ihr Tisch befindet sich in der vierten Reihe über dem Zieleinlauf, eine bessere Sicht auf die Rennstrecke gibt es im ganzen Stadion nicht; sie sind mit Gerrys Wagen ins Lifford Greyhound Stadium gefahren, Gerry hat den Tisch reserviert und ihm erklärt, wie man die Wetten bei den Frauen und Männern platziert, die vor den jeweiligen Rennen an die Tische kommen, während die Hunde, welche laufen, vor der Tribüne vorbeigeführt und präsentiert werden.

Am Abend des 10. Juli finden elf Rennen statt; da er keine Ahnung von Greyhounds hat, wählt er die Hunde, auf die er setzt, nach ihrem Äußeren aus, wenn sie vorgeführt werden, oder weil ihm ihre Namen gefallen: Backdoor Bandit. Gentle Emily. Cailin Ruby. Kenny The Cat. Bit View Speedy. Die Atmosphäre an den Esstischen hinter der Fensterfront ist entspannt, an den Wettstellen im Freien dagegen geht es hektisch zu, Männer wuseln hin und her, schreien Hundenamen, Zahlen und Wettquoten, Pfundscheine in den Händen. Noch besser als der Zieleinlauf gefällt ihm der Augenblick, wenn die Türen der Käfige hochklappen, in denen die Hunde auf den Rennstart warten, der Hase an ihnen vorbeiflitzt, alle Lichter im Restaurant ausgehen, die Hunde losrasen und es für die Länge eines Lidschlages totenstill wird, bevor die aufgeregten Anfeuerungsschreie einsetzen. Von den Pfoten der Hunde auf dem Sägemehl ist hinter der Restaurantscheibe kein Ton zu hören, auch das Hecheln stellt er sich bloß vor. Später fällt für einen Moment Abendsonne ins Stadion, weich, bronzefarben, und sofort recken Männer ihre harten, abgearbeiteten Gesichter mit geschlossenen Augen dem Licht entgegen, vergessen die Geldscheine in ihren Händen, die Hunde, sich selbst; doch gleich darauf liegt das Stadion wieder in kühler Dunkelheit, das Abendlicht legt sich auf die begraste Flanke eines Hügels und die Männer schreien die Namen der Hunde, auf die sie gesetzt haben.

Dass ihn das sinnlose, weil niemals mit Erfolg gekrönte Jagen nach dem künstlichen Hasen auf erschütternde Weise an seine Arbeit erinnert, liegt auf der Hand; dass es weder um Sinnerfüllung geht noch darum, zu erjagen, hinter was man her ist, wird ihm erst Jahre später bewusst; an jenem Abend in Lifford rührt ihn der Eifer der Hunde, der zu nichts führt, beinah zu Tränen. Oder kommt es darauf an, schneller als die Nebenbuhler im Kreis zu laufen, ohne dafür belohnt zu werden? Geht es gar nicht um einen Lohn, sondern um das Laufen an und für sich? Was würde er tun mit dem Hasen, wenn er ihn erreichte? Zerfleischen? Die Hunde scheinen alle glücklich, die, die als Erste über die Ziellinie jagen, die, die im Mittelfeld laufen, der Hase in unerreichbarer Ferne, die, die um Längen abgeschlagen im Ziel einlaufen. Keiner gibt auf. Die sich ärgern, sind die Trainer der Verlierer, ihre Besitzer und natürlich die, die ihr Geld auf die falschen Hunde gesetzt haben.

Im Gegensatz zu Gerry, der sich mit Hunden auskennt,

setzt er nie höher als fünf Pfund; nach dem elften Rennen hat er einundzwanzig Pfund gewonnen, Gerry achtunddreißig.

//

Nicht die Vergangenheit ist das Bedrohliche, es ist das Vergessen.

//

Wie ein Blatt auf einem Fluss lässt er sich von der Menschenmenge durch Ballyshannons Tir Connell Street Richtung River Erne tragen, vorbei an Pubs, in denen keiner hinfallen könnte, derart dicht ist das Gedränge beim Fleadh-Cheoil-Festival. Im großen vollbesetzten Kinosaal des Abbey hat er einem halben Dutzend Sängerinnen und Sängern zugehört, die am Wettbewerb für traditionelle Songs einer Jury Lieder wie »The Flower of Sweet Strabane«, »Craigie Hills« und »Flower of Magherally« vortrugen. In O'Donnell's Bar hat er Niamh Ní Charra und im Dicey Reilly's Jimmy Crowley gehört, in einer Gasse einen Fiedler gesehen, der schlafend auf dem Pflaster lag, seine Geige in den Armen wie ein Kind; jetzt will er ins McIntyre's, wo die Band Four Acres But No Horse auftritt. Er kämpft sich an den Rand des Gedränges, wird an einem violett gestrichenen Haus vorbeigeschoben, vor dem drei alte Männer sitzen, die keine Miene verziehen, als ginge sie es nichts an, dass sie mit ihrem teuflisch schnell gespielten Jig mit Flöte, Handorgel und Geige ein tanzendes Paar in Trance versetzen; im offenen Fenster hinter den drei Musikern steht eine Frau mit weißen Haaren, die verzückt Trillerlaute ausstößt.

Schon vor dem McIntyre's stehen die Zuschauer so dicht gedrängt, dass er es kaum in die Nähe des offenen Fensters schafft, um einen Blick auf die Band zu werfen, die das Stück »Matty Groves« spielt, das er als junger Mann in der Version der englischen Folkband Fairport Convention geliebt hat. Die Geigerin steht am Rand der kleinen Bühne, als gehöre sie nicht zur Band, ein Scheinwerfer legt gelben Schimmer auf ihre kastanienbraunen schulterlangen Locken; die Perlen, mit denen ihre Bluse bestickt ist, funkeln bei jeder Bogenbewegung, ihre Jeans hat einen Riss auf dem Oberschenkel, durch den man ihre schwarze Strumpfhose sieht. Er kann sich nicht dagegen wehren, ausgerechnet in dem Moment vom Fenster weg auf die Straße zurückgespült zu werden, in dem der Song das Tempo erhöht und die Geigerin zum Solo ansetzt. Die Menge gibt ihn frei, als er auf der Brücke über den River Erne steht und sich am Geländer festhält: Über dem offenen Meer steht Licht, eine Möwe fliegt so dicht über ihn hinweg, dass er unwillkürlich den Kopf einzieht.

//

Brenda Coogan, 4. Reihe

Ich bin immer gern zur Schule gegangen, auch wegen Mr Hanratty, den wir Eyebrow nannten, weil seine Brauen zusammengewachsen waren; bei dämmrigem

Licht sah es aus, als habe er einen schwarzen Balken über der Nase, einen Reißverschluss, mit dem man ihm die Stirn aufmachen konnte, um hineinzuschauen! Die meisten anderen hatten Angst vor ihm, aber ich sah in seinen Augen, dass er uns nicht gern schlug. Er hat gelitten dabei. Mir machte Eyebrow auf jeden Fall keine Angst, ich ging gern bei ihm zur Schule. Im Gegensatz zu den anderen habe ich mich auch nicht gefreut, als ich 1957 aus der Schule kam, ich wusste, was mich erwartete. Nach Vaters Unfall hat meine älteste Schwester Frances den Hof jahrelang allein geschmissen, bis sie in Birmingham Arbeit fand. Nun war ich an der Reihe. Eine große Hilfe war Vater mit dem steifen Bein nicht, aber die Zwillinge liebten die Arbeit auf dem Feld. Dann fand die Schwester meiner Mutter, die in Derry geblieben war, in der Hemdenfabrik Tillie & Henderson am Ende der Craigavon Bridge eine Stelle als Hilfsnäherin für mich, und ich zog in den Norden, zu den Eltern meiner Mutter. Das Leben in Derry gefiel mir, natürlich auch, weil ich mit einundzwanzig Harry kennenlernte und wir elf Monate später heirateten. Harrys Mutter hatte sich als junge Frau als Magd auf Bauernhöfen im Hinterland verdingt, sein Vater war vor seiner Geburt verschwunden, Gerüchten zufolge nach Chicago, wo er noch einmal eine Familie gründete und es zu Wohlstand brachte. Harry redete nicht von seinem Vater, nie, er wollte nicht, dass wir seinen Namen laut aussprechen. Unsere erste Tochter hieß Brigid, die zweite Claire, unser einziger Sohn Charles. Harry war Protestant, und für ein Ehepaar gemischter Konfession wurde es in Derry gegen Ende der sechziger Jahre immer schwieriger.

Schließlich hatten wir genug von den Anfeindungen und zogen nach Buncrana in der Republik, in ein Cottage mit Blick auf den Lough Swilly. Vom Fenster meines Nähzimmers, die Änderungsschneiderei lief zum Glück gut, sah ich auf den Pier der Fähre hinab, welche zwischen Buncrana und Rathmullan verkehrt. Die Erinnerung von uns Menschen funktioniert nach sonderbaren Regeln, die ich nicht durchschaue. Der Anblick der an- und ablegenden Fähre erinnerte mich jedenfalls an meine Zeit in der Four Masters National School und löste Bilder in mir aus, die ich vergessen hatte und in denen ich schwelgte wie in den Szenen eines Films. Was hatte die Fähre mit meiner früheren Schule zu tun, mit dem Kamin im Zimmer der Mädchen, der bei Westwind qualmte, dass Mr Hanratty die Fenster öffnen musste, damit wir nicht erstickten? Was mit der schiefen Holztür der Außentoilette, durch deren Ritzen der Wind pfiff? Was mit der Wiese, auf der wir Sport trieben? Hätte sich Harry auch für Indianer interessiert, wenn sein Vater nicht nach Amerika emigriert wäre? Er beschäftigte sich so obsessiv mit ihnen, dass er in Derry und bald auch in Buncrana den Spitznamen »Chieftain« bekam, Häuptling. In unserem Garten stand ein Tipi, an unseren Wänden hingen Fotos von Edward Curtis, die Harry aus Büchern ausschnitt, sepiabraune Aufnahmen von Indianern bei rituellen Tänzen, während der Jagd, auf Pferden und in den Pueblas, in denen sie lebten. Dass die Leute über ihn schmunzelten oder gar lachten, war mir bewusst, trotzdem warf ich es ihm nie vor. Harry war ein Mann, der für etwas brannte, eine Leidenschaft, von der auch ich als seine Ehefrau profitierte.

Ich schneiderte ihm Beinlinge aus gegerbtem Schaffell, an das ich Borsten eines Stachelschweins nähte, strickte ihm einen Poncho und bestellte ihm in England Mokassins als Geburtstagsgeschenk. An unserem Indianerkanu baute Harry acht Jahre; ich war die Einzige, die daran glaubte, dass er es nicht nur als die Art Traum benötigte, die man sich wohlweislich besser nicht erfüllt. Nachdem sein Versuch gescheitert war, das Kanu nach alter Sitte aus Birkenrinde zu bauen, hielt er sich an einen Plan, den er sich in Kanada bestellt hatte, und fertigte es aus Zedernholz und imprägnierter Leinwand.

In körperlicher Hinsicht waren wir nie ein besonders harmonisches Paar; wir tanzten unbeholfen, hielten uns bei Spaziergängen zwar an der Hand, fanden aber selten einen Gleichschritt, der beiden zusagte, und wenn wir uns umarmten, wirkte es hölzern. Aber sobald wir das erste Mal in Harrys Indianerkanu saßen, harmonierten wir perfekt. Obwohl wir beide keine Erfahrung mit Kanus oder Booten überhaupt hatten, wussten wir instinktiv, was wir wie und wann zu tun hatten. Unsere Bewegungen mit den Stichpaddeln waren aus einem Guss. Wie in gewissen Träumen glitten wir anstrengungslos übers Wasser, wir flogen. Ein Pfeil, der endlich auf dem Weg ist. Wir waren so oft wie möglich draußen. Freunde von Harry bauten einen Anhänger für uns, es gibt wohl kaum einen See in Donegal, auf dem wir nicht unterwegs waren. Nach einiger Zeit fühlten wir uns sicher genug, um uns auch auf den Lough Swilly zu wagen, allerdings fuhren wir immer nur landeinwärts bis zum Strand bei Lisfannon.

Am 25. Mai 1982 paddelten wir das erste Mal landauswärts Richtung Nordatlantik. Es war ein schöner Tag mit schwachem Südwestwind; eine Weile wurden wir von drei Möwen begleitet, die aber abdrehten, als das Fort am Lenan Head vor uns lag. Links von uns, am anderen Ufer, leuchtete der Sandstrand von Portsalon. Nach wenigen Minuten frischte der Wind auf und die See wurde grau und unruhig. Sorgen machte ich mir aber erst, als eine Böe Harry die Mütze vom Kopf riss, weil ich es als böses Omen sah. Harry drehte sich nach mir um und lächelte aufmunternd, aber ich erkannte, dass auch er besorgt war. Die Strömung ergriff unser Indianerkanu, eine sanfte aber unerbittliche Hand, die uns die Entscheidung abnahm, wohin wir von nun an fuhren. Seitwärts aus der Strömung in ruhigere Gewässer zu paddeln misslang; um gegen den Zug anzukämpfen, fehlte uns die Kraft. Als ich den Leuchtturm am Fanad Head sah, den nördlichsten Punkt Irlands, verstand ich, wir waren verloren; es zu akzeptieren, dauerte erstaunlicherweise nur wenige Minuten. Wir gaben auf, ergaben uns der Natur. Harry warf sein Paddel ins Wasser, ich tat es ihm gleich, dann setzten wir uns nebeneinander, umarmten uns und ließen uns auf den Atlantik hinaustreiben.

Wer unsere Leichen gefunden hat, drei Tage später, weiß ich nicht, aber man hat uns gefunden, den irischen Indianer und seine Squaw.

//

Im *Donegal Democrat* liest er von einem vierzehn Meter langen Wal, der in einer Bucht bei Sligo gestrandet und in der Hitze verendet ist und am Nachmittag im offenen Atlantik bestattet werden soll. Als er Culleenamore nach zweistündiger Fahrt erreicht, haben sich bestimmt dreihundert Schaulustige versammelt, die zusehen, wie zwei Boote der »Irish National Liveboat Institution« den blaugrauen Walkadaver aus der Bucht schleppen. In der andächtigen Stille, die über der Szene liegt, ist deutlich das Blubbern der Bootsmotoren zu hören, es riecht nach verdorbenem Fleisch und Diesel; Kinder weinen, eine Gruppe älterer Frauen betet im Chor. Nach einer Weile dreht sich der Wal trudelnd auf die Seite, als wolle er wegtauchen, worauf eines der Boote ausschert und den Kadaver wieder auf Kurs bringt. Ein Mann erklärt ihm, er werde an der Westküste vor der unbewohnten Insel Inishmurray der Strömung überlassen und auf diese Weise im Meer bestattet. Auch als der Schleppzug nicht mehr zu sehen ist, rührt sich kaum jemand von der Stelle; es dauert mehrere Minuten, bis sich die Menschenmenge, andächtig leise miteinander redend, auflöst. Statt zum Auto zurückzugehen, geht er die Küste entlang und ist nach ein paar hundert Metern ganz allein; die Düne, die vor ihm ansteigt, ist so steil, der Sand so weich, dass er sie nur mit Mühe besteigen kann. Der Pfad auf ihrem Kamm führt um einen Abbruch im Weideland herum, das von Trockenmauern in Parzellen unterteilt wird, an den Strand hinunter; er versucht sich vorzustellen, wie sich der Wal auf die Seite legt, nachdem die Seile gekappt worden sind, und fragt sich, ob der schwere Kadaver von der Strömung in die offene See gespült oder zum Meeresgrund hinabgedrückt wird. Machen sich Fische über ihn her? Krebse? Wird er in eine andere Bucht getragen? Strandet er auf der Insel Inishmurray? Die Rispen des Riedgrases rascheln trocken in einem Wind, den er nicht spürt. Über glitschige Steinplatten steigt er auf die Strandsichel unter dem Abbruch hinab, dort ist der Sand grobkörnig und dunkel, die Felsen, die sich als Dom über ihn wölben, reflektieren das Knirschen der Steinchen, die vom Wellenschlag umgeschichtet werden. Brandung wirft Algenstränge hin und her. Bevor er das tote Schaf sieht, riecht er es. Die linke Augenhöhle ist leer, ein hellrot markiertes Horn zersplittert, die Hälfte des Schädels fehlt. Bestimmt ist das Schaf von der Klippe in den Tod gestürzt. Im flachen Prielwasser treibt eine Vogelfeder. Der Atlantik sieht aus wie ein Stück Silberfolie, das sich knisternd schließt und öffnet, immer, immer wieder, ewig.

//

McCafferty's, Donegal Town

A

Weniger Klasse als wir haben nur die Russen.

B

Klasse?

A

Wenn wir Geld in den Fingern haben. Das braucht Stil.

B

Und Klasse.

A

Eben. Die Russen und wir.

B

Peinlich. Andererseits …

A

… was können wir dafür, dass uns die Übung fehlt.

B

Der Bankheini hat uns zu einem Zweitwagen geraten.

A

Unserer zu einem Apartment am Schwarzen Meer.

B

Wo?

A

Bulgarien.

B

Heilige Scheiße! Wer will nach Bulgarien.

A

Hab ich ihm auch gesagt.

B

Glaubst du, das Schwarze Meer ist wirklich schwarz?

A

Und das Rote rot? Gott, du säufst wirklich zu viel.

B

Ich mein ja nur.

//

Sein erster Sommer in Donegal dauert vierzehn Tage, dann erwacht der eingeschlafene Wind, rüttelt vorerst schwach an Fenstern, als prüfe er bloß das Glas, bauscht poetisch Gardinen in Zimmer, ein friedlicher und braver Gast, der Kieselsteine durch seinen Schornstein rieseln lässt, wispert, flüstert, bis er urplötzlich doch ernst macht, in Bäumen und Sträuchern wühlt, durch Gänge und Zimmer braust, Sonnenschirme und Gartenstühle kippt, ins Dachgebälk langt und Wetterfronten von Westen her übers Land schiebt, die an den Bergen hängenbleiben, ihre Schleusen öffnen und für zwei Tage nicht mehr schließen. Felder werden zu Seen, Flüsse treten über die Ufer, fluten Dörfer und Städte, aus Regenrinnen schießt Wasser, die Temperatur sinkt auf zwölf Grad.

//

Mittlerweile hat er ein Auge für Touristen und Ausländer, erkennt sie an ihren Gore-Tex-Allwetterjacken und -hosen, Wanderschuhen und Rucksäcken, sie brauchen sich nicht in schnatternden Trauben über ausgehängte Speisekarten vor Restaurants zu versammeln und sich durch ihre Sprache zu verraten. Mit erstaunlicher Treffsicherheit sieht er, ob jemand aus der Schweiz, Deutschland oder Holland kommt. Er hütet sich, Pubs zu empfehlen und von Restaurants abzuraten, wenn ihn jemand fragt, täuscht Unwissen vor. An einem verblüffend milden Montagabend Ende Juli wird er vor dem Abbey Hotel angesprochen.

»Du bist der Schweizer«, stellt der Mann auf Deutsch mit starkem englischen Akzent fest.

Ist er ebenfalls so einfach als Ausländer zu erkennen? Ist er verblüfft oder beleidigt? Auf den ersten Blick sieht der Mann, er wird ein paar Jahre älter sein als er, aus wie ein verwahrloster Alkoholiker, auf den zweiten wie ein Obdachloser.

»Behauptet wer?«

»Behauptet Colm Horber.«

Jetzt redet er Englisch; er trägt schwarze Springerstiefel, den linken ohne Schnürsenkel, dafür mit Gaffertape umwickelt, Combathosen, einen Parka und darunter einen Wollpullover mit Zopfmuster.

»Horber? Bist du auch Schweizer?«

»Mein Urgroßvater. Hat in Wädenswil gelebt, bevor er nach Irland auswanderte. Kennst du Richterwil? Da wurde er geboren.«

»Richterswil«, korrigiert er ihn, »mit s, ja, kenn ich. Liegt direkt neben Wädenswil.«

»Weiß ich. Spielst du Carrom?«

»Schlecht.«

»Komm mich besuchen. Ich lass dich gewinnen. Das erste Mal.«

»Wo wohnst du?«

»Hier.«

Er drückt ihm einen Zettel in die Hand, tätschelt ihm die Schulter und lässt ihn stehen, dreht sich aber noch einmal um:

»Bring Bier mit!«

Die Zeichnung des Anfahrtsweges auf dem Zettel ist rudimentär, die Namen der Ortschaften und Weiler dagegen sind in gestochen klaren Druckbuchstaben geschrieben worden. Colm Horber lebt nicht weit von ihm entfernt in den Hügeln am Lough Eske.

//

Seine Füße bluten, sieht er, als ihn die Frau, die neben ihm sitzt, mit dem Ellbogen anstößt, und er die Augen öffnet. Er ist eingenickt. Zu Beginn der Nachtwache hat der Pfarrer sie aufgefordert, dass sie sich beim Kampf gegen den Schlaf unterstützen. Wäre er gläubig, hätten die Worte des Pfarrers vielleicht auch für ihn Kraft, spendeten Trost, Zuversicht, aber wie soll er an etwas glauben, an das er nicht glaubt? Da ist niemand, der Gnade schenkt, niemand, der vergibt, erlöst. An wen glauben die, die glauben? »We're all going to one place anyway«, sagt die Frau leise lächelnd; sie ist bestimmt achtzig, auch ihre Füße bluten. Sie hat ihm zugeflüstert, dass sie die zweitägige Pilgerfahrt auf dem Lough Derg zum zehnten Mal mitmacht und sich vor der Nacht ohne Schlaf fürchtet, die vor ihnen liegt. Die schmerzenden Füße können ihr so wenig anhaben wie Kälte, Regen, Hunger oder die Mücken, aber die Vorstellung, eine ganze Nacht nicht schlafen zu dürfen, lässt sie paradoxerweise seit vielen Tagen wach liegen. Bei der Abendmesse um halb sieben ist die Basilika beinahe voll gewesen, als ihre Türen um 22.15 Uhr für die Nachtwache geschlossen wurden, haben sich ungefähr dreihundert Wallfahrer, die seit gestern auf der Insel sind, schlafen gelegt. Es riecht nach Weihrauch, Kerzenwachs und feuchten Kleidern; es dauert nicht lange, bis die Frau einnickt, zur Seite sinkt und sich, leicht wie ein Kind, an ihn lehnt. Er lässt sie schlafen. Während der Predigt denkt er an die drei Durchgänge im Freien, die er seit seiner Ankunft auf Station Island am

Nachmittag hinter sich gebracht hat, Umgänge, bei denen er im Pulk anderer Wallfahrer bei strömendem Regen und kaltem Wind barfuß betend um die Basilika ging, denkt an die einzige gestattete Mahlzeit des Tages, die er vor dem dritten Durchgang im Tea Room eingenommen hat, stark gesüßten Schwarztee und so viele Scheiben ungebutterten Toast, wie er schaffte, denkt an die einsetzende Dämmerung, in der der Regen aufhörte und sich die Mücken auf sie stürzten.

Eine halbe Stunde nach Mitternacht beginnt der vierte Umgang, aber im Gegensatz zu den Umgängen vor der Nachtwache bleiben sie in der Basilika, pilgern nicht wirklich von Station zu Station, sondern stellen es sich bloß vor, während sie in einer langen, schweigenden, müden Prozession durch das Kirchenschiff ziehen, die Treppe zur ersten und dann zur zweiten Empore hinauf- und hinabsteigen. Die Stimme des jungen Priesters, der ihnen die verschiedenen Stationen in Erinnerung ruft, ist wohlklingend. Das Geräusch ihrer nackten Füße auf dem Kirchenboden klingt widerlich, findet er, Fleischstücke, die auf eine Metzgertheke geklatscht werden. Gehen und knien, stehen und beten. Gehen, knien, stehen, beten. Während der endlosen Prozession durch die Basilika verliert er die Frau, die neben ihm saß, aus den Augen. Ihm ist langweilig, er hat Hunger, und er kann nicht aufhören zu gähnen. Er sieht alte Männer, die hemmungslos weinen, Frauen, die selbstvergessen mit sich selbst reden, sieht vor Schreck verzerrte sowie vor Inbrunst verzückte Gesichter, er sieht Frauen, die hinken, Männer, die nach Atem ringen.

Der fünfte Umgang beginnt um zwei Uhr.

Gehen, knien, stehen, beten.

Hat der Regen aufgehört? Er ist Teil des Chores der Erschöpften, der auf dem Weg in die Erlösung Qualen auf sich nimmt. In Sein Reich, das da komme. Glaubt er doch an Gott?

Um drei Uhr werden die Türen der Kirche geöffnet.

Das Wasser des Lough Derg ist schwarz, die Luft rein, klar, kalt, der Himmel glüht, obschon er finster ist; ringsum glimmt Zigarettenglut auf, in vielen Gesichtern steht blankes Entsetzen: Ist er sich ebenfalls selbst begegnet und erschrocken ob der Gedanken, zu denen er fähig ist? In den Hügeln, zwischen denen der See liegt, erwacht Leben, er hört Geraschel und Geraune. Seit Christus dem heiligen Patrick im fünften Jahrhundert auf der Insel eine Höhle zeigte, welche ein Eingang zur Hölle sei, und ihm nach vierzigtägigem Fasten Visionen der Vorhölle erschienen, gilt »St Patrick's Purgatory« für Wallfahrer als auserwählte Pilgerstation zwischen Himmel und Hölle; nicht einmal im achtzehnten Jahrhundert blieben sie der Insel fern, als die Katholiken geächtet wurden, der Klerus zum Exil verurteilt und die Wallfahrt verboten worden war. Er zieht die Broschüre aus der Hosentasche, die er erhalten hat, bevor er an Bord des Motorbootes *St Dervog* ging, das die Wallfahrer auf Station Island übersetzte, als erleichtere das Nachlesen der Wallfahrt, die er sich antut, sie zu ertragen:

Beginne die Wallfahrt mit einem Besuch des gesegneten Sakramentes in der St Patrick's Basilica.

Geh dann zum St Patrick's Cross nahe der Basilika; knie nieder und bete ein Vaterunser, ein Gegrüßet seist du, Maria sowie ein Glaubensbekenntnis.
Küss das Kreuz.

Geh dann zum St Brigid's Cross an der Außenwand der Basilika; knie nieder und bete drei Vaterunser, drei Gegrüßet seist du, Maria und ein Glaubensbekenntnis.
Stell dich mit ausgebreiteten Armen mit dem Rücken zum Kreuz hin und verleugne dreimal laut »Die Welt, das Fleisch und den Teufel«.

Geh langsam viermal rechts um die Basilika herum; bete dabei sieben Perlen des Rosenkranzes und ein Glaubensbekenntnis.

Geh zum Steinring mit dem Namen St Brigid's Bed in der Nähe des Glockenturms; umkreise den Steinring dreimal auf der Außenseite und bete drei Vaterunser, drei Gegrüßet seist du, Maria und ein Glaubensbekenntnis.
Knie nieder am Eingang des Steinrings und wiederhole die Gebete.

Geh dreimal der Innenseite des Steinkreises entlang und wiederhole die Gebete.
Knie nieder vor dem Kreuz im Zentrum des Steinkreises und sprich die Gebete zum vierten Mal.
Wiederhole dasselbe auch bei:
St Brendan's Bed.

St Catherine's Bed.
St Columba's Bed.

Umkreise sechsmal den großen Bußring auf der Außenseite, welcher sowohl das St Patrick's Bed wie auch das von Davog und Molaise umfaßt; bete dabei sechs Vaterunser, sechs Gegrüßet seist du, Maria und ein Glaubensbekenntnis.

Knie nieder am Eingang des St Patrick's Bed und bete drei Vaterunser, drei Gegrüßet seist du, Maria und ein Glaubensbekenntnis. Geh dreimal an der Innenseite des Steinrings entlang und wiederhole die Gebete.

Knie dich vor das Kreuz im Zentrum und wiederhole die Gebete.

Knie nieder am Eingang von Davog's und Molaise's Bed und bete drei Vaterunser, drei Gegrüßet seist du, Maria und ein Glaubensbekenntnis.

Geh dreimal der Innenseite des Steinrings entlang und wiederhole die Gebete.

Knie dich vor das Kreuz im Zentrum und wiederhole die Gebete.

Geh zum Ufer des Sees; bete stehend fünf Vaterunser, fünf Gegrüßet seist du, Maria und ein Glaubensbekenntnis.

Kehre zurück zum St Patrick's Cross; knie nieder und bete ein Vaterunser, ein Gegrüßet seist du, Maria und ein Glaubensbekenntnis.

Beschließe den Umgang in der Basilika; bete fünf Vaterunser, fünf Gegrüßet seist du, Maria und ein Glaubensbekenntnis.

Am Ende jedes Umgangs müsste er neunundneunzig Vaterunser und einhundertzweiundsechzig Gegrüßet seist du, Maria und sechsundzwanzig Glaubensbekenntnisse gebetet haben. In den zwei Tagen auf Lough Derg macht jeder Wallfahrer neun Umgänge: achthunderteinundneunzig Vaterunser, eintausendvierhundertachtundfünfzig Gegrüßet seist du, Maria, zweihundertvierunddreißig Glaubensbekenntnisse. In Wahrheit wird er schätzungsweise zehn Vaterunser beten und kein Gegrüßet seist du, Maria, weil er sich nicht an den Wortlaut erinnert; was das Glaubensbekenntnis ist, weiß er nicht. Während er die Stationen der Wallfahrt abgeht, betet er also nicht, er beobachtet andere Wallfahrer und stellt sich vor, sie zu beschreiben, denkt nach und lässt Szenen seiner Vergangenheit vor sich ablaufen, überzeugt davon, sich für immer daran erinnern zu können, was ihm in diesen langen Stunden durch den Kopf geht; zu seinem Erstaunen wird er nur wenige Tage nach der Wallfahrt vergessen haben, was er auf Station Island gedacht hat, ihm ist, als wäre sein Kopf vollständig leer gewesen, bilderlos, eine weiße, eine unbeschriebene Seite.

Der sechste Umgang beginnt um 3.30 Uhr.

In achtzehn Stunden darf er sich hinlegen. Mit der Broschüre hat man ihm ein Ticket gegeben, das ihm sein Bett im Schlafsaal der Männer zuteilt: *cubicle 117, bed A*. Neben der Liege gibt es einen Haken für die Kleider, ein Becken mit Seewasser und ein Regal für die Schuhe: Barfuß treten sie Ihm gegenüber. Diese Nacht ist das Bett von einem Wallfahrer belegt, der bereits den zweiten Tag auf der Insel ist; nach der Nachtwache morgen wird er das Bett dann für sich beziehen. Das Haus für die Frauen hat sechshundertvierzig Betten, das der Männer dreihundertvierzig.

Um 4.30 Uhr gibt es eine Pause, und er tritt wieder ans Ufer des Sees. Hinter den Hügelzügen ist der Himmel nun heller. Auf dem Wasser schimmern Lichtlachen, die an flüssiges Blei erinnern. Längst nicht alle haben mehr die Kraft, aus der Basilika in den anbrechenden Tag hinauszutreten, bleiben ernüchtert sitzen, da sie erfahren haben, dass eine Nacht ohne Schlaf genügt, ihnen aufzuzeigen, wie schwach sie sind.

Der siebte Umgang beginnt um 5 Uhr.

Er hinterlässt Blutspuren auf dem Boden, doch nicht seine Füße tun ihm weh, sondern seine Knie vom häufigen Niederknien auf Stein; er macht Schritt um Schritt, ohne Glauben, er ist vor zwanzig Jahren aus der katholischen Kirche ausgetreten, er will das Leben nicht länger als Strafe sehen, will sich nicht länger schuldig fühlen. Weshalb ist er also hier? Weil er über die Wallfahrt schreiben wird. Er liegt auf der Lauer, ist hier, um Stoff zu sammeln. Christa Notter, die Hauptfigur des Sekten-Romans, an dem er arbeitet, wird das Purgatorium auf Station Island besuchen und die Wallfahrt machen müssen. Notizen macht er sich keine, damit hat er schon vor Jahren aufgehört, auf Fotografien als Gedächtnisstütze oder Sprungbrett in die Fiktion hat er sich nie verlassen, doch fotografieren ist auf der Insel ohnehin nicht erlaubt. Nach dem siebten Umgang wird eine Morgenmesse gehalten, danach sollen sie beichten, doch das wird er nicht, beichten wird er auf keinen Fall. Er hat einen weiteren Tag des Betens vor sich, wird sich irgendwann in den Tea Room setzen, Toast essen, Tee trinken. Gib dem Menschen Nahrung, und er fängt an zu reden. Namen von irischen Countys und fremden Ländern werden von Tisch zu Tisch gerufen werden; drei Frauen, die aus Italien angereist sind, werden Applaus erhalten, Kurzfassungen von Lebensschicksalen die Runde machen: Die Frau, die den Mann in jungen Jahren an den Atlantik verlor; der Mann, der an Krebs erkrankte und die Wallfahrt bereits zum achten Mal macht; die Mutter, die die eigene Tochter verflucht hat und nun dafür Buße tut; die Frau, die zum dritten Mal aus Galizien angereist ist, immer noch Wasser in den Beinen und einen kranken Sohn hat. Gib dem Menschen Nahrung, und er wird genügsam. Der Jugendliche, der neben ihm Tee trinkt, wird auf seine Frage, ob er an Gott glaube, laut herauslachen und auf sein Nachhaken, weshalb er dann hier sei, »weil ich in den Himmel will und nicht in die Hölle« antworten und sich einen halben Toast in den Mund stopfen.

Über dem See tanzen Mückenschwärme, am anderen Ufer leuchtet die Rinde einer Birke im Zwielicht, als sei sie mit weißer Signalfarbe markiert, Kiefern schwanken wie Masten, eine Frau massiert einer anderen die blutenden Füße, beide lächeln in sich hinein. Ihm ist übel, die Hügel scheinen zu schaukeln, die Welt ist aus dem Lot, der mächtige Trutzturm der Basilika ist schräg geneigt wie in einem Traum, was eine Angst in ihm auslöst, die er zu bekämpfen sucht, indem er sich einredet, dass die Verschiebung der Wirklichkeit nur an seiner Übermüdung und vielleicht auch am Hunger liegt, aber keineswegs ein Zeichen ist. Er schwebt, spürt seine Füße nicht mehr, da fällt ihm Kierkegaard ein: *Alles, was dem Vogel widerfährt, geht ihn nichts an.* Alles, was dir widerfährt, geht dich nichts an! Eine finstere Wolkenwand versiegelt den Talausgang, noch kennt die Welt keine Farben. In den Bäumen neben der Basilika, deren Blätter vom Wind ständig neu angeordnet werden, hocken Krähen, aufmerksame Späher, die vom sonderbaren Gebaren der Menschen berichten werden.

//

Proinsias MacStiofain, 1. Reihe

Stickyfinger schälte jeden Morgen eine Orange an seinem Lehrerpult, dann warf er die Schale in den Abfallkorb und aß die Orange Stück für Stück vor unseren Augen auf. Bei Stickyfinger setzte es für alles Prügel, selbst wenn man, wie er fand, falsch saß! Mir haute er mit Vorliebe auf die Finger, weil er genau wusste, dass mir die Flöte wichtiger war als der Mist, den er uns beizubringen versuchte. Ich kann von Glück reden, dass er mir die Finger nicht kaputt schlug. Als Junge habe ich ihn in Gedanken tausendmal zu Brei geprügelt, aber als ich viele Jahre später die Gelegenheit dazu hatte, hab ich es nicht fertiggebracht: Ich spielte auf einem Hochzeitsfest in Dunkineely, da stand er im Pissoir plötzlich neben mir! Stickyfinger! Alt und grau geworden, ein Tattergreis. Als er sein Geschäft endlich erledigt hatte, stellte ich mich mit geballten Fäusten vor ihn hin und starrte ihn an, aber dann sah ich, dass er mich gar nicht erkannte. Er hatte meine Finger blutig geschlagen, hatte mich jeden Tag bloßgestellt, aber er hätte mich nicht einmal erkannt, wenn ich noch der Junge von damals gewesen wäre. Ich war ein Niemand für ihn. Ein Nichts. Ich ließ ihn stehen, ging zurück in den Saal und spielte weiter, als wäre nichts gewesen. Alle anderen Erinnerungen an die vier Jahre in der Four Masters National School habe ich verdrängt, keine raubt mir den Schlaf, keine! Meinen Eltern war es schnurz, dass ich gleich nach der Schule verschwand, ein Maul weniger zu stopfen. Als Musiker galt man damals nichts in der Gesellschaft, wir rangierten irgendwo vor Kriminellen, Kesselflickern oder Dorfidioten. Aber sobald wir loslegten, waren wir Könige! Wir sorgten dafür, dass sie den Alltag vergaßen, brachten ihnen Freude, trafen die Töne für ihre inneren Klagen, ihr Leid und ihr Glück. Ich hatte Hunderte von Jigs, Tunes und Reels in den Fingern, Dutzende Polkas und Walzer. Wer neben mir stand, wenn ich spielte, stand am Feuer! Im Sommer legte ich meine Flöte manchmal über Nacht in eine Wiese, damit das Rosenholz die Sonne und die Feuchtigkeit der Morgendämmerung in sich aufnahm und klang, als hätten die Feen Musik in sie geblasen!

Im Moment, in dem ich die drei Teile meiner Flöte zusammenfügte, betrat ich ein Reich, in das ich sonst keinen Zutritt hatte. Ich spuckte zweimal in die Flöte, einmal auf den Fußboden, trank einen tiefen Schluck Smithwick's – und fing an. Ich spielte in ganz Donegal, in Bundoran im Süden und in Culdaff im Norden, in Glencolumbkille im Westen und in Raphoe im Osten, ließ mich treiben, vom Wind und eher vom Zufall, ich war schließlich unterwegs per Anhalter, und wohin einer fuhr, der mich mitnahm, war mir egal, solange er nur irgendwohin fuhr und ich unterwegs war. Manchmal landete ich im County Sligo, manchmal in Leitrim oder in Roscommon, es gab immer einen Ort, meine Flöte zusammenzusetzen und auf den Boden zu spucken. Ich spielte überall, fand da und dort Unterschlupf, nie für lange, die Straße lockte, ich schlief auf Sofas, Luftmatratzen und Ledersesseln, in Schuppen und Autos – bis ich von einem Onkel, den ich kaum kannte, ein Cottage bei Glenties erbte, zehn Schritt vom Ufer des Owenea River, klein, jedoch trocken. Auch seinen Austin 1100 hinterließ mir der Onkel, den ich dem Rost und den Pflanzen überließ, weil ich keinen Führerschein besaß. Die ersten Jahre war ich kaum in Glenties, ich war weiter auf Achse, spielte auf Hochzeiten und Beerdigungen, Familienfeiern und Taufen, in Pubs, auf Festivals; aber dann wurde es schwieriger, mitgenommen zu werden, und ich spürte das Alter, ich war müde. Was wohl ohne das Cottage meines Onkels aus mir geworden wäre? Bei gutem Wetter saß ich am Ufer des Owenea; ich hatte jetzt einen Hund, den es nicht störte, dass ich ausschließlich Gälisch mit ihm redete. Bereute ich es, dass ich weder eine Frau noch Kinder hatte? Manchmal schon, doch, aber es ist ebenso sinnlos, nach hinten zu blicken wie nach vorn, als könnte man erkennen, was einen erwartet.

Am 19. September 1992 um 11.12 Uhr blieb mein Herz stehen, für immer, wie mir scheint. Ich wurde einundneunzig Jahre alt.

//

Er könnte sie berühren, so nah preschen die Pferde am Zaun vorbei. Die Zuschauer stehen in der Mitte des Rennkurses auf einer Wiese zwischen Mullinasole und Murvagh Beach; neben einem großen Zelt mit Festbänken gibt es Ess- und Getränkestände und natürlich die Männer der Wettbüros, welche die Wetten entgegennehmen. Anders als bei den Hunderennen in Lifford setzt er nicht, stattdessen steht er bei der Zone, in der die Pferde vor den Läufen bewegt werden und sich die Jockeys in ihren farbigen Shirts, viele davon Jungen, die nicht älter sind als dreizehn, vierzehn, an sie gewöhnen. Das Donnern der Hufe, das erst nur zu hören, bald aber, je näher die Pferde kommen, desto vernehmlicher, als rhythmisches Klopfen oder eher Stampfen im Boden zu spüren ist, als bewege sich eine versprengte Streitmacht auf ihn zu, erfüllt ihn mit Lebensgier; er könnte platzen. Er steht an einer Stelle des Rennkurses am notdürftigen Zaun, an der er seine euphorische Begeisterung nicht zu verbergen braucht. Die Pferde, angetrieben von den kleinen, leichtgewichtigen Jockeys, die in den Sätteln stehen, dampfen, schwitzen. Dreckbatzen werden durch die Luft geschleudert, er hört das scharfe Klatschen der Reitgerten auf den Pferdeflanken, weiß sich nicht anders zu helfen, als zu schreien, um den Überdruck in seinem Körper loszuwerden, hölzern, nein knöchern geworden von all den Jahren des Sitzens.

Später treibt Regen die Zuschauer in den Schutz des Zeltes; die Wahl zur Miss Donegal findet nicht im Freien statt, sondern ebenfalls im Zelt auf einem improvisierten Laufsteg, danach spielt eine Band, der Regen wird heftiger, Wind hebt die Zeltplanen, es kümmert keinen, viele tanzen, er auch, zumindest eine Weile. Es riecht nach Pferden, Zuckerwatte und gegrilltem Rindfleisch, der Wind flacht ab und der Regen versiegt, der zementgraue Himmel liegt auf den Schultern der Hügel auf, über dem Atlantik stehen Wolken in Flammen.

//

O'Shaughnessy's, Ramelton

A
Hast du von den langhaarigen Affen gehört?
Oben, am Lough Belshade? Acht Männer,
vier Frauen und eine Horde Kinder.
Kleine Scheißer mit kahlrasierten Köpfen.
B
Läuse?
A
Lebt der Papst in Rom oder wo?
Logisch haben sie Läuse.
B
Die Erwachsenen sind Crusties?
A

Worauf du einen lassen kannst.
Verlauste Dreckshippies!

B

Deutsche. Wetten?

A

Oder Froschfresser.

B

Haben sie Bärte und Haare wie Teppiche?

A

Dreadlocks. Das nennt man Dreadlocks, Redmond.

B

Dread-fuck-it! Machen sie Musik?

A

Musik nenn ich das nicht. Sie dudeln
und trommeln Tag und Nacht.

B

Hunde?

A

Scheißt der Bär in den Wald?

B

Woher weißt du von ihnen?

A

Weil ich sie besucht hab. Darum.

B

Und?

A

Ihren Tee kannst du vergessen.
Keines der Mädels trägt einen BH.

B

Wem gehört das Land, auf dem sie sich breitmachen?

A

Mir nicht.

B

Leider.

A

Das kannst du laut sagen.

//

Wann hat er aufgehört, sich darum zu scheren, welcher Wochentag es ist? Eine Uhr trägt er seit vielen Jahren nicht mehr, nun spielt es mit einem Mal auch keine Rolle mehr, ist Dienstag oder Donnerstag? Die Tage vergehen anders hier in Donegal, im Windschatten der Zeit, sie fließen ineinander, gehen ineinander über. Zur Ordnung rufen ihn die Sonntage, dann deckt er sich ein mit journalistischem Lesestoff, sieht er die Nachbarn zur Kirche streben, die Protestanten unten in Laghey, die Katholiken in Donegal Town, staunt er darüber, dass in den Lebensmittelgeschäften die Alkoholregale mit Tüchern verhängt sind, geschlossen; am Tage des Herrn wird zwar getrunken, Alkohol aber wird keiner verkauft. Die Wochentage ablesen und bestimmen könnte er an den diversen Lieferanten, die ihn besuchen, Danny, der Milchmann, kommt Dienstag und Freitag bei ihm vorbei, Harry, der Händler aus Nordirland, mittwochs, er führt Karotten im Angebot, Lauch, Kohl, verschiedene Kartoffelsorten, Zwiebeln sowie Butterkekse in Gläsern mit Schraubverschluss, manchmal Austern oder Hummer in einer mit Styropor verkleideten Kühlbox. Den Satz, mit dem er fangfrische

Forellen und Makrelen in weichem nordirischen Singsang anpreist, bringt er jeweils den ganzen Tag nicht aus dem Kopf: *You don't fry if you don't buy!* Der Satz, den Harry beim ersten Besuch zu ihm sagte, fällt ihm immer wieder ein: »Wir Reformierten beten dafür, dass Dinge nicht geschehen, ihr Katholiken, dass sie geschehen.« Wie sieht Harry ihm an, dass er Katholik gewesen ist? Harry ist klein und hager, ein grauer und unscheinbarer Mann, der gleichwohl eine Bedrohung ausstrahlt, über die er häufig nachdenkt. Manchmal riecht es in seinem Lieferwagen so stark nach Blut, dass er sich überwinden muss, etwas zu kaufen.

//

Eines Morgens Ende Juli sitzt nicht eine Krähe unter seinem Fenster, auch am nächsten und übernächsten Tag bleiben die Vögel aus; sie haben seinen Garten verlassen. Wie bloß konnte er ihren Abschied verpassen? Treffen sie sich an einem anderen Ort? Im Lauf der vielen Krähenbesuche hat er derart viele ihrer abgelegten, blauschwarzen Federn gesammelt und in Ritzen in Türrahmen gesteckt, dass es ist, als wohne er in einem Vogelbau.

//

Es ist später Nachmittag, als er den Feldweg schließlich doch findet, der zu Colm Horbers Cottage hinaufführt; da er die Abzweigung bei Greenan verpasste, musste er am Herrschaftshaus Ardnamona mit seinem Rhododendrenpark vorbeifahren, bis er schließlich wenden konnte. Tawnaghlaghlan. Tawnaghorm. Allagarranduff. Die wenigsten Ortsnamen kann er korrekt aussprechen, es wird ihm auch nach über zwanzig Jahren in Donegal nicht gelingen, und wenn er hört, wie Touristen diese Namen in Pubs laut, aber kreuzfalsch hinausposaunen, kann er sich ein Lachen nicht verkneifen. Der Name des Weilers, in dem Colm Horber wohnt, ist einfach: Edergole. Der Feldweg bricht ab, das Gras der Wiese, die vor ihm ansteigt, ist eine Weile nicht gemäht worden und zeigt Reifenspuren. Er beschließt, den Wagen stehen zu lassen und die kurze Strecke zum Cottage zu gehen. Auf der Hecke, welche die Bergseite des kleinen einstöckigen Hauses vor ablandigen Winden schützt, ein Haus wie Kinder es zeichnen, liegt Wäsche zum Trocknen ausgebreitet, davor stehen vier ausrangierte Autosessel um eine aufgemauerte Feuerstelle, über die sich ein Segeldach spannt. Das aus Feldsteinen aufgemauerte Cottage ist alt, aber gut in Schuss, Haustür und Läden der vier Fenster wirken frisch gestrichen, die Scheiben sind sauber, die Dachrinnen neu. Er hört den Wind, nichts sonst, er zirpt und singt in den Drahtseilen, welche das Segel spannen. Er tritt an den Rand des kleinen Plateaus, auf dem das Cottage gebaut wurde, dort stehen zwei Stühle sowie ein Liegestuhl aus Holz und einer in den Rahmen gehängten Stoffbahn; vom Plateau sieht man auf den Lough Eske hinunter, der als Spiegelscherbe zwischen den ineinandergreifenden, auf- und absteigenden Hügeln liegt. Für einen Augenblick nimmt ihm die Schönheit der Landschaft den Atem, dann hebt er den Blick: Die neue Schnellstraße, die

Mountcharles umfährt, zerschneidet die Wiesen wie eine Startbahn für Flugzeuge. Die gelben Straßenlampen kann er nachts sogar von seinem Schulhaus sehen. In seinem Rücken hebt der Wind das Sonnensegel in die Höhe, lässt es fallen, dass es knallt.

»Willst du dich nicht wieder mal rasieren?«

Colm Horber tritt aus dem Cottage, einen Baseballschläger in beiden Händen, lachend.

»Und was ist mit dir?«

»Hab keinen Spiegel.«

Horber wirft den Schläger achtlos ins Gras, streckt sich gähnend, als sei er aus dem Schlaf gerissen worden, und bleibt mit verschränkten Armen vor ihm stehen. Mittlerweile weiß er, dass Männer sich in Donegal die Hand reichen, um ein Geschäft zu besiegeln, aber nicht, um sich zu begrüßen oder zu verabschieden.

»Das Bier hast du vergessen?«

»Ja. Im Auto.«

»Eigentlich solltest du dir auch die Birne rasieren. Damit jeder sieht, dass du wie ein Mönch in deinem Schulhäuschen lebst.«

Statt auf die Provokation zu reagieren, geht er zum Auto zurück und holt das Sixpack Smithwick's. Als er zurückkehrt, sitzt Horber auf einem Autosessel; er stellt das Sixpack ins Gras und setzt sich neben Horber. Aus dem Cottage ist klassische Musik zu hören.

»Smithwick's! Weiberbier. Aber ist mir lieber als der Männerscheiß.«

Horber hebt zwei Flaschen aus dem Kartonträger, zieht einen Öffner aus der Weste, die er über einem zerschlissenen Jeanshemd trägt, hebelt die Flaschen ohne hinzusehen auf, reicht ihm eine, trinkt seine in einem Zug leer und nimmt sich eine neue.

»Du kennst die Regeln?«

Soll er ihm erzählen, dass er mit dem gleichen Fotografen, mit dem er 1991 in Dublin war, in Heidelberg ein Carrom-Turnier besucht hatte, um für ein Spielmagazin darüber zu schreiben, sich danach Brett, Striker und Spielsteine kaufte und für eine Weile geradezu süchtig war? Er schüttelt unschuldig den Kopf und trinkt.

»Als Schweizer willst du bestimmt die Aussicht genießen. Holst du das Bier?«

Horber deutet mit dem Kinn zum Rand des Plateaus hinüber, nimmt sein Bier und verschwindet im Haus. Der Liegestuhl fällt zusammen, als er versucht, ihn zur Seite zu stellen, kurzentschlossen trägt er ihn zum Cottage hinüber und lehnt ihn an einen der Autosessel.

»Die sind aus einem Unfallwagen. Auf der N15 zwischen Grange und Bundoran.«

Horber trägt ein Carrombrett, an das er Tischbeine geschraubt hat; um seinen Hals hängt an einem Lederband ein Stoffbeutel, in dem sich die Spielsteine, die Striker sowie ein Behälter mit der Borsäure befinden werden, das Gleitpulver für die Steine.

»Ich fahre nicht. War mein Bruder.«

»Und wie geht es ihm?«

»Bestens. Sein Vauxhall Cavalier hat sich zweimal überschlagen, aber es geht ihm gut. Sehr gut.«

»Wie kommst du in den Ort? Ohne Auto?«

»Mit dem Moped. Los, spielen wir.«

Horber geht an den Rand des Plateaus, stellt den Spieltisch ab, drückt die vier Beine in die Erde, um ihm einen sicheren Stand zu geben, und legt den Stoffbeutel auf die Spielfläche. Über dem Lough Eske steht das Tor eines Regenbogens, obwohl er sich nicht erinnern kann, dass es geregnet hat. Sie setzen sich, Horber verteilt das weiße Pulver der Borsäure auf dem Brett und ordnet die neun weißen und neun schwarzen Steine um die rote Queen im Mittelkreis an, dann zieht er zwei Striker aus dem Stoffbeutel, legt aber gleich die Kuppe seines linken Zeigefingers auf denjenigen, der reich verziert ist.

»Hab ich von einem Pakistani in Derry.«

Er gibt Horber mit einem Nicken zu verstehen, dass er verstanden hat und greift nach dem anderen Striker.

»Prost«, sagt Horber auf Deutsch, »schwarz oder weiß?«

Er wählt weiß, sie stoßen mit den Flaschen an, er eröffnet die erste Partie. Horber spielt schnell, ziellos und ohne zu überlegen, wie es scheint, gibt ihm aber die Zeit, jeden Strike in aller Ruhe abzuwägen und zu planen, ohne ihn zu drängen. Schnell lernt er, wie falsch es wäre, Horbers Spieltempo als Hast auszulegen. Über ihren Köpfen gleiten Wolken Richtung Blue Stack Mountains; der Seespiegel blitzt nicht länger und wirkt, die Sonne ist hinter Wolken verschwunden, wie ein ausgehobenes Loch. Sie spielen, reden und trinken, die Zeit vergeht im Flug. Vom Hang vieler Iren, Konflikten aus dem Weg zu gehen und zu schwindeln, statt Unangenehmes auszusprechen und andere mit Ehrlichkeit vor den Kopf zu stoßen, hält Horber nichts, das wird schon nach wenigen

Minuten offensichtlich: Seine Fragen sind direkt, seine Antworten ebenfalls. Dass Horber schnell trinkt, er ist bereits bei der vierten Flasche, ändert nichts an seinem präzisen Spiel; er gewinnt die ersten vier Partien, dann unterliegt er das erste Mal.

»Du hast bestimmt schon öfter gespielt,« sagt Horber nach seiner zweiten Niederlage.

Irgendwann hören sie auf zu spielen und Horber fragt, ob er hungrig sei; den Carromtisch lassen sie draußen stehen. Im Cottage herrscht dämmriges Licht, es riecht nach Orangen und entfernt nach Katzen, auf der Küchenanrichte steht eine Schüssel, die bis zum Rand mit Miesmuscheln gefüllt ist, vor dem Kühlschrank steht ein Fressnapf. Horber erzählt ihm, dass er die Muscheln frühmorgens an der Küste draußen am St John's Point bei Inver gesammelt hat, das Baguette, er deutet auf einen Brotkorb, in dem tatsächlich ein Baguette liegt, hat er selbst gebacken; er hat vier Jahre in Lyon als Gehilfe eines Bäckers gearbeitet, dann ist er in den Süden nach Perpignan gezogen, wo er in einem Restaurant serviert hat. Kaninchen, so behauptet er, wird dort unter anderem an einer Schokoladensauce gekocht, *Lapin au chocolat;* er wird das Gericht bei seinem nächsten Besuch zubereiten, keine Widerrede. Er füllt einen Fingerbreit Wasser in eine Pfanne, schüttet die Miesmuscheln dazu und köchelt sie auf der Gasflamme, bis sie sich öffnen, gießt Weißwein darüber, füllt sie mit Paniermehl, gibt einen Schuss Zitrone dazu, Knoblauch und Butter und bittet ihn, das Baguette und den Weißwein aus dem Kühlschrank zum Esstisch in der Stube zu tragen.

Sie hören Pharoah Sanders, während sie essen, Björk, Sun Ra and his Solar Arkestra, Cellosuiten von Bach, David Bowie und Joni Mitchell. Er erfährt, dass einer von Horbers Vorfahren in der Hungersnot als *souper* beschimpft wurde, weil er als Katholik aus Verzweiflung die Suppe protestantischer Missionare aß, dass Horber in Pettigoe an der Grenze zu Nordirland aufwuchs, von den Christian Brothers erzogen wurde und abgesehen von Lyon und Perpignan auch in Madrid und Boston gearbeitet hat. In der Schweiz war er nie, weil er befürchtet, dass ihm die alte Heimat seines Großvaters nicht gefällt.

Es ist nach zweiundzwanzig Uhr, als sie aus dem Cottage treten, die Hügel sind ins Dunkel gefallen, doch es wäre immer noch hell genug, um draußen zu lesen. In den Hügeln brennen an erstaunlich vielen Orten Lichter, die Cottages müssen sich regelrecht in die Landschaft schmiegen, sonst hätte er sie bei Tageslicht nicht übersehen. Er sitzt bereits hinter dem Steuer, als Horber ihm den Vorschlag macht, sie könnten »Worte tauschen«.

»Worte tauschen?«

»Ich bring dir gälische Wörter bei, du mir schweizerische. Ich fang an: *air mhisg*.«

»Und das heißt?«

»Trunkenbold. Jetzt bist du dran.«

»Sougoof«, sagt er ohne nachzudenken und erklärt ihm das Wort.

Als er losfährt, läuft Horber ein Stück hinter ihm her und wiederholt dabei das Wort für ungezogenes Kind, Sougoof, Sougoof, Sougoof, während er »air mhisg« in die helle Nacht hinausruft. Er schaut in den Rückspiegel, aber Horber ist nicht mehr zu sehen, hupt und hört, wie Horber mit einem perfekt ausgesprochenen Sougoof antwortet.

//

Der Regen klingt, als streiche ein Bogen über eine Saite, er singt, er klagt, er wird vom kleinsten Windhauch davongetragen, liegt als matte Haut auf der Straße. Die Luft hat scharfe Kanten, die beim Atmen schmerzen. Im Garten nickt ein Fliederbusch. Die Landschaft dampft.

//

The fucking bird is dead! The fucking bird is dead! Er hat den Vogel, der ihm hinter Inver gegen die Frontscheibe geflogen ist, vom Asphalt aufgelesen und hält ihn in der zum Käfig geschlossenen Hand, aber er schafft es nicht, die bösen Stimmen der Kinder auszublenden, die sich drängelnd um ihn scharen, *the fucking bird is dead, the fucking bird is dead, dead, fucking dead!* Nach wenigen Sekunden regt sich der federleichte Vogel, drückt ihm die Krallen in die Haut, er hält die Faust über den Kopf, erstaunt und beglückt, öffnet sie nach kurzem Zögern und gibt ihn frei. Angestachelt von ihrem Wutgeheul, sie wollen nicht glauben, dass sich der Vogel trudelnd fängt und in die Freiheit entkommt, schreit er *the fucking bird is alive* in die verdutzten harten Kindergesichter und lässt sie stehen.

//

Da in diesem Teil Donegals niemand Gälisch spricht, nicht in seiner Gegenwart zumindest, hört er Raidió na Gaeltachta, um sich an den Sound zu gewöhnen. Die Sprache ist fremd, faszinierend und mit keiner anderen zu vergleichen, die er je gehört hat. Ein Lied, das der Sender immer wieder spielt, gefällt ihm, er schreibt sich den Refrain in Lautschrift nieder; beim nächsten Besuch in Edergole notiert Horber ihn korrekt Gälisch und übersetzt danach ins Englische:

Cad a dhéanfaimid feasta gan adhmad?
Tá deireadh na gcoillte ar lár.

What will we do for timber now
That the woods are gone.

So es das Wetter erlaubt, sitzen sie vor dem Cottage, wenn sie Wörter tauschen; damit sie sie einigermaßen richtig aussprechen können, schreiben sie sie auch in Lautschrift nieder. Horber hat ihm nicht nur beigebracht, dass Gälisch in der irischen Verfassung von 1938 unter Artikel 8 als erste Nationalsprache anerkannt und Pflichtstoff an der Schule wurde, er hat ihm auch erklärt, dass eine klassische irische Dichterin oder ein klassischer irischer Dichter sieben Jahre lernen, sieben Jahre üben und sieben Jahre dichten musste, um den Status einer *beanfhile* und eines *file* zu erhalten, Namen, die für »Seherin« und »Seher« stehen, was viel über ihre Bedeutung und Aufgabe sagt. Sie hatten Anspruch auf ein Gefolge aus vierundzwanzig »Barden«, Unter- oder Hilfsdichtern, welche nur die simplen Verse beherrschten und dem einfachen Volk die Texte ihrer Meister vortrugen – zumindest jene Texte, die der *beanfhile* und dem *file* als nicht gelungen genug erschienen, um mit ihnen die höfische Gesellschaft zu erfreuen oder zu irritieren.

Natürlich überlegt er sich, welche Wörter er Horber beibringt, bevor er zu ihm fährt; er legt Listen an, überzeugt davon, dass Horber dies ebenfalls tut. Halbschue. Velopumpi. Pfiifeteckel. Wiiberschmöcker. Verbrännti Zäine. Chnuuschti. Fründ. Galöri. Luusmeitli. Heufueder. Schuurig. Heiweh. Viele der Worte hat er selber lange nicht mehr laut ausgesprochen oder auch nur gedacht, vergessen hat er sie offenbar trotzdem nicht. Horber lernt schnell, schneller als er, allerdings will er sich nur Wörter merken, die ihm gefallen. Ganze schweizerdeutsche Sätze zu bilden, interessiert ihn nicht.

//

Brittons Bar, Pettigoe

A

Hast du die Schlagzeile in der *Tribune* gesehen?

B

Ich kann meine Lesebrille nicht finden.

A

»Erfolgreich gegen Flatulenz!«

B

Flatu-was?

A

Blähungen! Darmwinde!

B

Du meinst Fürze?

A

Exakt, Shorty.

B

Dafur brauch ich nicht die *Tribune* zu lesen.

A

Trotzdem. Interessanter Artikel.

B

Ich ess einfach keine Bohnen.

A

Willst du den ersten Satz des Artikels hören?

B

Überhaupt kein Grünzeug. Problem gelöst.

A

»Jeder hat Blähungen. Andernfalls ist er tot.«
Genialer Einstieg, nicht?

B

Wenn das so ist, Macu, bist du mit Sicherheit am Leben!

//

Im Carrom sind sie sich ebenbürtig, was Horber erstaunlich gelassen nimmt. Der Lough Eske zu ihren Füßen ändert bei jedem Besuch sein Gesicht, oft innerhalb weniger Minuten, ändert seine Farbe, wenn er sich eine Minute aufs Spiel konzentriert, war eben noch stahlblau und ist nun schlammbraun und gleich darauf mausgrau, präsentiert einen unberührten Spiegel, der Hügel, Wiesen und Wolken zeigt, welchen der Wind im nächsten Moment aufraut, bevor er wie mit dem Pinsel Bahnen in ihn streicht und endlich zur Platte aus grob gehämmertem Metall peitscht. Später kochen sie gemeinsam, hören Platten, Sinéad O'Connor, Archie Shepp, Lloyd Cole and The Commotions, Hothouse Flowers, U2. Über dem Atlantik verglüht die Sonne, Wind schiebt Regenbarken auf sie zu; Horber kann sich vor Lachen nicht beruhigen, weil ihm das Wort »Schnudderbueb« nicht über die Lippen will. Sie lernen keine Sprache, sie lernen Klänge, die Bilder in ihren Köpfen auslösen. Natürlich fragt Horber ihn über die Schweiz aus, er fragt ihn ja schließlich ebenfalls, wie es ist, hier in Donegal zu leben. Dass er todkrank ist, wird Horber ihm erst erzählen, als es zu spät ist, als sich nichts mehr dagegen tun lässt; vier Jahre immerhin bleiben ihnen für ihre Freundschaft.

//

Wird ihm das Leben in der Fremde helfen, irgendwann zu wissen, was er sieht, statt zu sehen, was er weiß?

//

Nach kurzen heftigen Regengüssen, die wie Überfälle über das Land kommen, ist das Licht oft von erschreckender Klarheit und Schärfe, jeder Baum, jeder Busch, jeder Hügel tritt mit deutlich gearbeiteten Konturen aus sich heraus, als wolle er auf sich aufmerksam machen. Die Sätze, die ihm dann einfallen, löscht er in der Regel wieder, wem soll, wem darf er sie zumuten? *Fröhliche Menschen sind unerträglich. Ich hasse meinen Vater. Schreiben ist sinnlos, es hilft niemandem.* Seinem Verleger in Köln, den er überaus schätzt, ist das Düstere, Negative seiner Romane und Erzählungen suspekt, und er ist unsicher, ob er ihn weiterhin publizieren würde, hätte sich sein letzter Roman nicht unerwartet gut verkauft; er stand acht Monate auf den Bestsellerlisten und hat es ihm ermöglicht, das Schulhaus in Donegal zu kaufen. In der Schweiz hätte er für das Geld einen teuren Mittelklassewagen bekommen, kein Haus, nicht einmal im Jura. Er macht sich nichts aus Autos. Sein Verleger hat ihm abgeraten, nach Irland umzusiedeln: »Doch nicht ausgerechnet jetzt, wo wir einen Bestseller haben!« Selbst sein Lektor versuchte ihm das Wegziehen auszureden: »Jetzt musst du Präsenz zeigen!« Wenn er sich in kommenden Jahren an den Satz erinnert, sieht er zwangsläufig einen Kater vor sich, der mit erhobenem Schwanz, aufgeregt zitterndem Hinterteil und sonderbar verzweifeltem Gesichtsausdruck Präsenz markiert.

//

Dolores Rourke, 1. Reihe

Ms Lorraine McMahon wechselte in meinem letzten Jahr an die Four Masters National School. Sie war blass, schlank, großgewachsen und erschreckend jung, und da ich in der ersten Reihe vor ihrem Pult saß, sah ich den Schweiß auf ihrer glatten Stirn. Hatte sie Angst vor uns Mädchen? Und vor den Jungen? Für eine Frau hatte sie erstaunlich buschige Augenbrauen, ihr Mund war schön geformt, aber ihr Blick hatte etwas Kaltes und Unberührbares. Als sie sich nach vorn beugte, fiel ein Kreuz aus ihrem Ausschnitt, das an einem Goldkettchen um ihren Hals hing. Ich habe nicht den Eindruck, dass sie gern Schule gab. Am zweiten Tag hatte ihr linker Strumpf eine Laufmasche; als ich sie darauf aufmerksam machte, während die anderen in die Pause stürmten, wies sie mich zurecht und errötete. Ihre Aufregung legte sich, als sie in der Englischstunde ein zerlesenes Buch aus ihrer Tasche zog, es jedoch nicht aufschlug, sondern an die Brust drückte, während sie auswendig und ohne einmal zu stocken das Gedicht »To a Squirrel at Kyle-na-no« von Yeats vortrug und dabei ihren Blick über uns Mädchen wandern ließ. Ihre Stimme war klar und ruhig und klang selbstsicherer als sonst.

Come play with me;
Why should you run
Through the shaking tree
As though I'd a gun
To strike you dead?
When all I would do
Is to scratch your head
And let you go.

Einigen Mädchen waren die Emotionen peinlich, die Yeats' Gedicht bei Ms McMahon offensichtlich auslöste, mich brachte es dazu, ihr wirklich zuzuhören. Es ist verführerisch, gewissen Lebenssituationen in der Rückschau eine größere Bedeutung zu geben, als ihnen in Tat und Wahrheit zusteht, aber es ist nicht übertrieben, dass ich in jenem Moment, in dem sie Yeats' Gedicht vortrug und uns Einblick in ihr Seelenleben gab, zur Leserin wurde. Bis ich tatsächlich ein Buch nicht nur in die Hand nahm, sondern es auch aufschlug und damit eine andere Welt betrat, sollte es zwar noch Jahre dauern – bis nach der Geburt unserer ersten Tochter Imogen, um genau zu sein, aber Ms McMahon pflanzte das Saatkorn. Besonders gern ging ich nicht zu ihr in die Schule, sie war streng und parteiisch und von einer Kälte, die ich in keinen Zusammenhang brachte mit der gefühlvollen Art, wie sie auswendig Gedichte vortrug. Die Gerüchte, die über sie die Runde machten, beschäftigten bestimmt nicht nur uns Mädchen: Sie lebte allein in einer Wohnung am Diamond in Donegal Town, aß oft im Abbey Hotel zu Abend und trank später an der Hotelbar ein Glas Whiskey. Mit einem Mann wurde sie nie gesehen, mit einer Frau allerdings auch nicht. Nach der Schließung der Schule verschwand sie von einem Tag auf den anderen von der Bildfläche, und manchmal frage ich mich noch heute, was wohl aus ihr geworden ist.

Ich selbst beantragte gleich nach dem Austritt aus der Schule eine »Travel Identity Card« und nahm im Herbst 1961 das Boot nach England. Ein Bruder meiner Mutter hatte mir bei Heinz in London nicht nur eine Arbeitsstelle besorgt, sondern auch ein Zimmer mit Kochgelegenheit in einer Werkswohnung in Dunster Gardens in Kilburn. Die Arbeit, ich habe die Beilagen-Würstchen für Dosenbohnen gekocht, war langweilig und anstrengend, und ich fing bald an, mich nach etwas anderem umzusehen. Freitags und samstags ging ich mit einer Clique anderer irischer Mädchen, die bei Heinz arbeiteten, in den Galtymore Dance Club in Cricklewood, wo ich die meisten irischen Tanzbands gesehen habe: Tony Kenny and The Sands. Dermot O'Brien and The Clubmen. Red Hurley and The Nevada Showband. Gallowglass. Big Tom and The Mainliners. 1965 lernte ich im Galtymore Gerard kennen, der bei Rose Razor als Mechaniker für die Fließbänder zuständig war; kurz zuvor hatte ich bei Woolworth an der Kilburn High Road eine Stelle als Verkäuferin in der Strumpfabteilung bekommen, vermittelt von einem Mädchen, das ebenfalls aus Donegal stammte. Sieben Monate später heirateten wir und zogen zusammen in eine Wohnung in der Belsize Road in Kilburn, ein halbes Jahr später kam unser Sohn Conor zur Welt und im Jahr darauf unser erstes Mädchen Fiona. Im Frühjahr 1969 bot man Gerard eine Stelle als Mechaniker im Elektrizitätswerk von Ballyshannon an, und nach kurzem Zögern zogen wir zurück nach Irland. 1970 bekam ich Imogen und fing an, Romane zu lesen, die ich aus der Leihbücherei holte. An Ms McMahon hatte ich in all den Jahren in England nie gedacht, aber damals fiel sie mir wieder ein. Die folgenden Jahre, mir ist bewusst, wie abgeschmackt dies klingt, vergingen wie im Flug. 1990 zog Imogen nach Dublin, die beiden anderen Kinder lebten längst anderswo, um an der UCD zu studieren. Bald darauf fand ich eine Teilzeitstelle bei A Novel Idea in Ballyshannon, einer Papeterie mit erstaunlichem Büchersortiment, gegenüber der Statue für den Rockgitarristen Rory Gallagher.

Gerard hat mir die Schule in Augharrow oberhalb von Bundoran, in die er gegangen war, schon vor Jahren gezeigt, und auch an der Four Masters National School sind wir damals vorbeigefahren, allerdings habe ich Gerard gebeten, weiterzufahren und nicht anzuhalten. Wohl auch, weil davor ein großes amerikanisches Auto mit offener Motorhaube stand, an dessen Steuer ein schwarz gekleideter Mann saß, während sich ein anderer Mann in den Motorraum beugte. Kaum waren wir an der Schule vorbei, fiel mir William Butler Yeats' Gedicht ein, das Ms Lorraine McMahon uns vor so vielen Jahren vorgetragen hatte. Gerard staunte nicht schlecht, als ich es aus heiterem Himmel Vers um Vers für ihn wiederholte; er war klug genug, mir keine Fragen zu stellen, sondern einfach nur zuzuhören und weiterzufahren, damit ich mich noch ein letztes Mal in Ruhe in dem Klassenzimmer aufhalten konnte, jung und naiv und hungrig nach dem Leben, das vor mir lag.

//

Sein Arbeitszimmer unter dem Dach, klein, verwinkelt, ohne richtiges Fenster, abgesehen von der Lukarne, erweist sich als Ort, an dem er arbeiten kann, die Sätze stellen sich auf magisch organische Weise ein, sind *einfach da*, er braucht sie nur aufzuschreiben.

Und das tut er:

Walgesang

Nail Fearn trat auf den Balkon seines Apartments und steckte sich eine Zigarette in den Mund, ohne sie anzuzünden. Er hatte vor zwei Monaten damit aufgehört und wusste inzwischen, dass er zwar auf das Nikotin, aber nicht auf die Handgriffe und Rituale des Rauchens verzichten konnte: Er genoss es, die Schachtel aus der Brusttasche seines Hemdes zu klauben, ihren Deckel zu öffnen, eine Zigarette herauszuziehen und zwischen die Lippen zu schieben, den Deckel zu schließen, die Schachtel in die Tasche zurückzutun, sein Feuerzeug, ein zerschrammtes Zippo, aus der Tasche der Jeans zu pfriemeln, es anzumachen, die Zigarette anzuzünden, nicht ohne vorher wie früher als Junge die Umgebung zu checken, das Zippo mit einer beiläufig-lässigen Bewegung aus dem Handgelenk zuschnappen zu lassen, den ersten Zug mit geschlossenen Augen zu nehmen, den Benzingeruch des Feuerzeuges auszukosten, den Rauch zu inhalieren und ihn nach einer Weile, nun mit offenen Augen, genüsslich seufzend durch die Nasenlöcher auszustoßen, das Zippo immer noch in der Hand. Er durfte die Zigarette nicht anzünden, aber er konnte sie auf die coole Art halten, die er sich im Verlauf seines Raucherlebens angewöhnt hatte, konnte sie sich in den Mund schieben und an ihr ziehen wie früher, gierig, verlegen, ungeduldig, provokativ langsam, sexy oder mit jenem leichten Widerwillen im Mundwinkel, den jeder Raucher kennt, wenn die Schachtel am Ende des Tages leergeraucht ist. Die Sprüche der anderen Fahrer, die sich darüber lustig machten, dass er sich nach dem Essen eine Zigarette in den Mund steckte, zwar das Zippo anzündete, nicht aber die Zigarette, prallten an ihm ab, anders als die Sprüche, die sein Alter betrafen oder wieso er sich nicht längst zur Ruhe gesetzt hatte; letzte Woche hatte er Dermot, einem jungen Fahrer aus Galway, die Nase gebrochen, weil ihm der Scheißpaddy vorgeworfen hatte, er habe den Job nur noch, weil er ihrem Vorgesetzten, Stuart Neville, die Eier kraule. Wahrscheinlich hatte er die Nerven verloren, weil Stuart tatsächlich seine schützende Hand über ihn hielt. Mit einundsechzig war Nail zu alt für den Job und eigentlich hätte er vor zwei Jahren in Rente gehen müssen.

Es gab tatsächlich immer öfter Fahrgäste, die er verachtete; dem Kraut zum Beispiel, den er heute vom Ogami ins Castelnau gefahren hatte und der nach Hund stank, hätte er nur schon für die Verachtung, die in seinem Blick lag, gern eine reingehauen. Es war an der Zeit, dass er aufhörte, nur, wohin sollte er dann? Das Apartment im Haus der Fahrer war nicht nur seine Unterkunft, es war sein Zuhause. Von seinem Balkon konnte er die Themse zwar nicht sehen, bei Südwind aber riechen; der Grünstreifen hinter dem Gebäude war verkommen, die meisten Bäume in keinem guten Zustand, trotzdem gefiel ihm der Blick. Es war Vorschrift, dass Fahrer für die Regierung im Haus der Fahrer in der City wohnten; wollten sie Restaurants, Bars oder Clubs besuchen, brauchten sie eine Bewilligung, womit vor allem jüngere Kollegen schlecht umgehen konnten. Nail tat sich damit nicht schwer, er ging nur noch selten aus.

Stuarts Eier brauchte Nail nicht zu kraulen, damit er in seinem Alter noch fahren durfte, er hatte ihn vor sieben Jahren freigeprügelt, als sie nach einer Pubtour im Brennpunkt Brixton von einer Gang Pakis überfallen worden waren; Stuart war schon nach dem ersten Schlag zu Boden gegangen, hatte sich auf die Knie erhoben und die Pakis mit zum Gebet gefalteten Händen angebettelt, ihn nicht weiter zu schlagen. Weil Nail keinem der Fahrer von der erniedrigenden Szene erzählt hatte, stand er unter Stuarts persönlichem Schutz.

Das Brausen der anspringenden Windturbinen gegen den Feinstaub trieb ihn vom Balkon ins Apartment zurück; er legte sich auf seine Hantelbank und arbeitete eine Stunde mit Gewichten, wobei er die CD mit Walgesängen hörte, die er als Junge auf dem Flohmarkt am Piccadilly gekauft hatte und die ihn vergessen ließ, wo er war, wer er war. Oft phantasierte er sich, während er seine Muskeln stählte, eine andere Kindheit und damit ein anderes Ich zusammen, aufgestachelt von den schmerzhaft wehmütigen Gesängen der Säugetiere, welche schon lange ausgestorben waren und die er nur von Fotos oder aus Filmen kannte, sah sich, während er mit jedem Arm zehn Kilogramm pumpte, durch ein Reich aus fahlem, raschelndem Riedgras streifen, Schilfgürtel durchbrechen, reißende Bergbäche durchqueren, Berge besteigen; er baute Paläste aus Lehm, Erde, Steckchen und Stöcken, sammelte Holz und machte Feuer, ahmte

Vogelrufe nach, stromerte durch Birkenhaine, schwamm in Teichen, schnitzte Pfeile, war König, Narr, Kaiser, Bettler, Kinderkrieger eines unberechenbaren Heeres.

Nach dem Workout ging er unter die Dusche, zog sich an und stieg die Treppe hinunter ins Erdgeschoss, da er dem Aufzug nicht mehr traute, seit er vor einigen Wochen darin festgesteckt hatte und erst nach zwei Stunden befreit worden war. Obwohl er keinen Hunger hatte, ließ er sich an der Theke des Esssaals von einer Serviceroboterin, deren Aluminiumrumpf mit Sauce bekleckert war, ein Hirsegulasch mit Reis geben und setzte sich an den kleinen Fenstertisch, den er bevorzugte, weil er dort beobachten konnte, wie die untergehende Sonne das versengte Gras, die Zweige, Blätter, Äste und Stämme für einen Augenblick mit kupferfarbenem Schimmer belegte, bis sie mit der Dunkelheit verschmolzen.

Einige Fahrer hatten im Hinterzimmer einen Serviceroboter-Kampf organisiert: In der Regel dauerte es zehn Minuten, bis die Security realisierte, dass in dem fensterlosen Raum die Kameras abgeklebt waren; das reichte, um mehrere Roboter aufeinander loszulassen, die Pat, ein junger Fahrer, der Codierer gewesen war, neu programmiert hatte. Bei früheren Kämpfen hatte Nail Geld verloren, darum hielt er sich vom Hinterzimmer fern und trat stattdessen nach dem Essen auf die Terrasse des Saals, um zu »rauchen«, in den Nachthimmel zu sehen, als gäbe es dort etwas zu entdecken, und dazu imaginäre Rauchringe in die Dunkelheit steigen zu lassen.

//

Er schreibt sich also immer noch in die Zukunft, nach London, stellt Lindiwe Mathabane und Mi Deckart einen Mann zur Seite, von dem er so wenig weiß wie über die zwei Frauen. Nail Fearn. Er raucht weiterhin, eine Schachtel am Tag; es ist einfacher, eine Figur an seiner statt aufhören zu lassen. All die Namen, die er sich für seine Figuren im Lauf der Jahre ausgedacht hat und weiterhin ausdenken wird! Woher kommen sie? Gibt es tatsächlich Menschen, die sich betroffen fühlen, wenn sie zufällig den Namen tragen, den er einer erfundenen Figur gegeben hat? Wie können sie annehmen, sie seien *gemeint?* Oder ist sein Unterbewusstsein klüger als sein Bewusstsein, klüger, radikaler und böser, und die Namen, die er wählt, meinen jemanden, den es auch in der Wirklichkeit gibt? Romana Kienesberger. Arnold Dold. Marianne Gautschi. Corinna Holder. Willem de Wit. Namen, die in der Regel kein Gesicht vor seinem geistigen Auge entstehen lassen, obwohl er das auf Lesungen gern behauptet. Ende Juli tippt er einen weiteren Namen: Christa Notter. Dass er damit einen neuen Roman begonnen hat, der 2000 unter dem Titel *Die Namenlosen* erscheinen wird, ahnt er nicht. Noch nicht. Er ist auf dem Weg, auf dem Ein- und Abstieg in einen neuen, einen unbekannten Stoff. Das London, das er in die Zukunft verlegt hat, Nail Fearn, Mi Deckart und Lindiwe Mathabane werden auf Eis gelegt; er weiß, sie werden auf ihn warten. Er braucht sie zu gegebener Zeit nur zum Leben zu erwecken.

//

Die Sandbank, auf der sich die Seehunde sonnen, hat er bei einer Wanderung entlang der Küste vor Laghey entdeckt; da er das Kanu, das er seit kurzem besitzt, auf der Halbinsel Legacurry nicht wassern kann, die der Sandbank gegenüberliegt, paddelt er vom Pier in Mullinasole aus durch die Bucht, vorbei am Inselchen Inishpat, um bei Rooney's Island in den kurzen Meeresarm hinter Legacurry einzubiegen. Die Bucht zu durchqueren, ist kräfteraubender als erwartet, er braucht über vierzig Minuten, widersteht aber der Versuchung, auf Rooney's Island an Land zu gehen, um sich auszuruhen und das mitgebrachte Sandwich zu verzehren und das Bier zu trinken, und erinnert sich an den Ratschlag des Verkäufers: *Don't fight the water, let the sea do the work.* Er hat gelernt, die Paddel einzutauchen, dass es kaum spritzt, das Kanu mit einer Bewegung aus dem Handgelenk zu manövrieren oder anzuhalten. Sein Plan ist es, sich auf der Sandbank ruhig unter die Seehunde zu setzen. Sobald er Legacurry umpaddelt hat und aus der Bucht in den Meeresarm biegt, wird das Wasser ruhiger und, er prüft es mit der Hand, wärmer. Er hat etwa die Hälfte der vielleicht vierhundert Meter bis zur Sandbank zurückgelegt, auf der etwa ein Dutzend Seehunde liegt, gekrümmt wie Bananen, da taucht der erste rechts von seinem Kanu auf, drei, vier Meter entfernt, ein glatter schwarzer Kopf mit kugelrunden dunklen Augen, die ihn unbewegt, aber wachsam mustern. Seehunde sind vorsichtige, aber auch neugierige Tiere. Er hebt die linke Hand, um vorsichtig das Paddel ins Boot zu legen, schon taucht der Kopf ab, ist der Seehund verschwunden. Er versucht, reglos im Kanu zu sitzen, sich der Strömung zu überlassen, die ihn langsam an der Sandbank vorbei an den Scheitelpunkt der Bucht treibt. Als er gegensteuert, um auf die Bank zuzufahren, die aus der Nähe betrachtet größer ist als angenommen, tauchen sechs, sieben Köpfe aus dem Wasser; er ist umzingelt von Seehunden, vielleicht die Späher der Gruppe, wird aufmerksam beäugt von den Tieren, die sich hoch aus dem Wasser schrauben, sich drehen, abtauchen, um kurz darauf an anderer Stelle aufzutauchen. Dass die nackten schwarzen Schädel glänzen wie polierter Gummi, bringt ihn zum Lachen, obschon sie ihn an Totenköpfe erinnern, an Totenköpfe von Kindern. Er weiß nicht länger, wohin er hinschauen soll, die Seehunde erscheinen direkt neben dem Kanu, links hinter ihm, rechts vor ihm, einmal sehr nah, einmal ein gutes Stück entfernt. Schließlich senkt er das Paddel ins Wasser, um nicht erneut von der Sandbank weggetrieben zu werden, aber die Bewegung genügt, dass nicht nur die Seehunde um sein Kanu abtauchen, sondern auch die, die in der Sonne liegen, aufschrecken und ins Wasser flüchten. Nach einigen Paddelschlägen läuft der Rumpf des Kanus knirschend auf Grund; er steigt aus, watet ans Ufer, zieht das Boot in Sicherheit und setzt sich hin. Er weiß, dass weder eine Straße noch ein Weg in die abgeschiedene Bucht führt, in der die Sandbank liegt, die Seehunde also nicht an Besucher gewöhnt sind. Der Sand ist grobkörnig und beinahe weiß, in der Luft hängt der Gestank nach verrottetem Fisch. Die Phantasie, hier gestrandet zu sein, lässt sich nicht lange aufrechterhalten, dabei sieht er kein Haus, keinen Zaun, keine Spur menschlicher Zivilisation; dafür ist der Verkehr auf der

N15 als Rauschen zu hören. An einem Stein kleben Stabmuscheln wie Eisenstäbe an einem Magneten. Er legt sich hin, spürt ein Lüftchen über sich hinstreichen, sieht Möwen vorbeiziehen, Wolken.

Als er erwacht, ist er umgeben von Seehunden, wie er es sich gewünscht hat. In Zeitlupe setzt er sich auf, starrt eine Weile stur geradeaus ins Wasser, bis er sich traut, vorsichtig den Kopf zur Seite zu drehen: Den Seehund, der ihm am nächsten liegt, könnte er mit der Hand berühren. Sie nehmen keinen Anstoß an seiner Gegenwart, scheinen ihn nicht zu beachten. Bestimmt eine halbe Stunde sitzt er unter ihnen, entspannt und auf eigentümliche Weise mit sich und der Welt versöhnt, eine Anwandlung, die er in Menschengruppen nicht empfindet; in Flugzeugen und Zügen fühlt er sich genauso eingeengt wie in Kino- und Theatersälen. Dann zerreißt ein Knall die Stille, und die Seehunde sind im Nu verschwunden. Nichts verrät, dass sie hier eben noch seelenruhig in der Sonne lagen, nicht einmal dem Wasser ist abzulesen, dass sich ein Dutzend schwere Körper hineingestürzt hat, unberührt spiegelt seine Oberfläche den Himmel und, zumindest aus einer gewissen Perspektive, ein Kanu und einen Mann, der reglos im Sand sitzt, das Kinn auf den angezogenen Knien, als schliefe er.

//

Er lebt im Ausland, in einem fremden Land mit einer nicht fremden, aber anderen Sprache, im Exil aber lebt er nicht, natürlich nicht, er ist freiwillig hier, hat Irland frei gewählt, er könnte zurückkehren, wann immer er wollte, so er es denn wollte.

//

Village Tavern, Mountcharles

A
Meryl Streep kommt nach Donegal! Hast du gehört?
B
Meryl? Ist das die jüngste oder die zweitjüngste?
A
Was? Woher soll ich das wissen?
B
Die Streeps draußen in Dromore oder die am Lough Eske?
A
Meryl Streep, der Filmstar, Fiona!
B
Dich kann wirklich jede aufs Kreuz legen!
Glaubst du, ich weiß nicht, wer Meryl Streep ist, Evie?
A
Sehr witzig, wirklich!
B
Ihr Donegal-Akzent klingt, als sei sie Französin.
A
Woher willst du das wissen?
B
Ich hab den Film gesehen, in dem sie eine Irin spielt. Du nicht?

A

Nein.

B

Den Titel hab ich vergessen.
Sie klingt wie eine Französin, die auf Irin macht.

A

In *Silkwood* hat sie mir gefallen.

B

Spielt sie da nicht eine Lesbe?

A

Die Lesbe wird von Cher gespielt! Kurt Russell sieht toll aus. Er spielt Meryl Streeps Mann. Oder Freund.

B

Cher hat mir gefallen in *Silkwood.* Sogar als Lesbe.
Colum behauptet, ich seh ihr ähnlich.

A

Meryl Streep? Soll das ein Kompliment sein?

B

Cher!

A

Vielleicht im Dunkeln, stimmt.

//

Nachdem er die Drummenny Bridge überquert hat, ist die Straße bis zur gefährlich engen Kurve von Brombeersträuchern gesäumt, die, im Unterschied zu den Ständen in der Nähe seines Hauses, schwer sind von großen, dunklen Beeren; er braucht nur das Fenster nach unten zu kurbeln, um sich zu bedienen. Während er sich die ersten

Beeren in den Mund schiebt und genüsslich aufstöhnend zerbeißt, denkt er natürlich an »Blackberry-Picking«, das Gedicht von Seamus Heanny, das in den ersten Versen die Unschuld der Jugend feiert, bald jedoch zur Klage der Vergänglichkeit wird.

You ate that first one and it's flesh was sweet
Like thickened wine: summer's blood was in it

Schließlich steigt er aus, den Wagen lässt er auf der Straße stehen, er hört, falls sich ein Auto nähert, folgt den verholzten Sträuchern, die sich über die Fahrbahn lehnen und einen dichten Stachelwall bilden, pflückt Brombeere nach Brombeere und schiebt sie sich in den Mund, ohne der Gier widerstehen zu können, die ihn überkommt, wenn er Brombeeren isst. Bald sind seine Fingerspitzen rot, dem Geschmack auf seiner Zunge wird er lange nachspüren, weiß er aus Erfahrung. Vor der Kurve bleibt er stehen, er hat eine Grenze erreicht, welche er nicht überschreiten darf: Das Cottage, das wenige Meter hinter der Kurve steht, beschäftigt ihn, seit er kurz nach seiner Ankunft Ende Oktober das erste Mal daran vorbeigefahren ist. Obwohl es teilweise zerfallen ist, Dachziegel fehlen und der Kamin offenbar gebrannt hat, ist es bewohnt, brennt doch ab und zu Licht hinter dem verhängten Fenster neben der Haustür, welche Tag und Nacht mindestens einen Spalt offensteht und auf deren Schwelle zwei grauschwarz gestromte, zottelige Irische Wolfshunde liegen, die ihn an Torwächter erinnern. Einmal stand die Tür sperrangelweit offen; damals hat er in einen brandschwarzen, mit Kisten vollgestellten Flur hineingesehen, in dem sich die Tapete von den Wänden löste, eine nackte Glühbirne von der Decke hing. Der alte Mann, der in einen Bademantel gehüllt im Flur auf einem Stuhl saß und rauchte, seine Hunde zu Füßen, stand auf, als sich ihre Blicke trafen, hob abwehrend die Hände und zog sich in ein Zimmer zurück, dessen Türöffnung mit Stoff verhängt war; die Hunde erhoben sich und legten sich auf die Schwelle der Haustür, ohne ihn auch nur eines Blickes zu würdigen.

Gerry hat ihm erzählt, dass der Mann Cauley heißt, neunundsiebzig Jahre alt ist und seit dem Tod seiner Mutter vor über zwanzig Jahren allein in dem zerfallenden Cottage lebt. Sich damit herauszureden, sich vor den Wolfshunden zu fürchten, ist zu einfach, das ist ihm bewusst, aber weshalb hat er Schiss vor der Begegnung mit Cauley und seiner Lebenssituation? Schließlich dreht er um und geht zum Auto zurück, ohne eine weitere Brombeere zu pflücken, weil ihm seine rotgefärbten Finger plötzlich peinlich sind. Den Wagen auf der schmalen Straße zu wenden ist schwierig, und als er es endlich geschafft hat, gibt er Gas, als fliehe er von einem Tatort. Sieben Jahre später wird Cauley von zwei drogenabhängigen Jugendlichen aus Donegal Town überfallen werden, die ihn an einem Stuhl festbinden und mit Messern quälen; Cauley überlebt, wird ins General Hospital in Letterkenny und dann in ein Heim gebracht, wo er kurz darauf verstirbt. Was mit Cauleys Wolfshunden geschieht, weiß er nicht. Sein Cottage steht kein halbes Jahr leer, bis es in sich zusammenfällt, als habe es mit dem Verschwinden seines Bewohners und dessen Hunden jeden Lebenswillen verloren.

//

Der Wind streicht Gerrys Hang hinauf, kaum zu spüren, zu sehen weder in Büschen noch Bäumen, ein Wesen, das sich seinem Haus nähert, so stellt er sich das vor, ein dunkles, aber scheues und auch freundliches Wesen, das ihm nichts Böses will, das leicht am Dach rüttelt, leise gegen die Scheiben pocht, das offenstehende Fenster im Schlafzimmer aber doch seiner Laune unterwirft und entschlossen an die Wand knallt, dass er den Kopf einzieht, in den oberen Stock eilt, es zumacht und beunruhigt in die Nacht hinausspäht.

//

Besucht Margaret ihn nur, weil sie es liebt, das Kaffeepulver aus der Blechdose in den Aluminiumfilter der Caffetièra zu löffeln, Wasser in das Fußteil zu füllen und die Kanne auf die Herdplatte zu stellen? Sie bekommt das Gesicht eines Mädchens, sobald der heiße Kaffee blubbernd in die Höhe schießt, kann es nicht erwarten, die Caffetièra von der Hitze zu nehmen, den schwarzen Knopf am Deckel übervorsichtig mit Daumen und Zeigefinger zu fassen, weil sie noch immer nicht glaubt, dass das Bakelit nicht heiß wird, und den Deckel aufzuklappen, um sich den Duft mit genüsslich geschlossenen Augen und gespitzten Lippen mit der Hand in die Nase zu fächeln. Er wird den Verdacht nicht los, dass sie den Kaffee lieber zubereitet als trinkt. Manchmal bringt sie selbstgebackene Scones mit, dann nimmt er die Brombeermarmelade aus dem Kühlschrank, die sie eingekocht hat. Bei jedem Besuch gibt Margaret ihm einen Rat; den Fehler, diesen als Aberglauben einer alten Frau abzutun, macht er nur einmal: *Etwas Schlimmes wird passieren, wenn du das Wasser, mit dem du deine Füße wäschst, über Nacht im Haus stehenlässt, statt es im Freien auszuschütten. Siehst du eine Ziege, die Ampfer frisst, wird es bald regnen. Trag die Asche des Kamins nie an einem Montag aus dem Haus. Jäte im Februar, dann bist du das Unkraut das ganze Jahr los. Ziegen sehen Wind, Katzen Gedanken, Hunde falsche Versprechungen. Geh nie an einem Handwerker vorbei, ohne seine Arbeit zu segnen.* Das feine Lächeln, mit dem sie diese Weisheiten ausspricht, irritiert ihn: Nimmt sie ihn auf den Arm? Einmal lädt er Margaret zu Tee und Kuchen im Harvey's Point ein, dem von zwei Schweizer Brüdern geleiteten Hotel am Ufer des Lough Eske, das bei den Einheimischen unglaublich beliebt ist; bevor sie in sein Auto steigen, zeigt sie auf einen Stein, der in seiner Wiese liegt und behauptet, er könne jemanden verwünschen, wenn er ihn umdreht. Als sie sich angeschnallt haben, ergänzt sie, dass sich der Fluch gegen den wendet, der ihn ausgesprochen hat, sollte die Klage unberechtigt sein. An ihrem Tisch, von dem sie auf den See sehen, erzählt Margaret ihm von »Thierna na oga«, dem Land der Jugend, in dem, unter dem Wasser, die Sonne scheint, die Wiesen grünen, die Bäume und Blumen blühen und die Feen leben. Man braucht nur im richtigen Augenblick die richtige Stelle am Ufer zu finden, um dieses Reich zu sehen, in dem die Zeit keine Macht besitzt und man nicht altert. An gewissen Tagen bei Sonnenaufgang erscheinen die Elfen auf der Oberfläche und ziehen in ungezügelter Lust auf dem Wasser dahin, das ihre Füße trägt wie die Erde den Menschen, bis sie im Morgennebel verschwinden. Auf dem Weg zum Auto erzählt sie ihm mit Tränen in den Augen, was ihr Vater ihr sagte, nachdem das Kalb, das er an den Beinen aus der Mutterkuh gezogen hat, nach wenigen Minuten starb: »Einige Kälber müssen jedes Jahr in den Himmel, um auf die wunderschöne Farm Gottes hinter den Sternen zu kommen, wo sie ihr ewiges Leben verbringen, ohne einen Tag zu arbeiten.« Von ihren Eltern erzählt Margaret sonst nicht, und er drängt sie nicht.

Nachdem sie Kaffee getrunken haben, setzen sie sich manchmal vor den Fernseher, trinken ein Gläschen Portwein, meist schläft sie dabei ein, und er weiß nicht, soll er sie wecken oder nicht, sitzt neben ihr, hört sie leise schnarchen, bis sie erwacht, als sei nichts gewesen, sich aufrecht hinsetzt und auffordernd ihr leeres Glas hin und her schwenkt.

//

Bevor Regenfronten Donegal aus dem Westen erreichen, rücken die Blue Stack Mountains näher, als wollten sie sich ihm ins Bewusstsein rufen, außerdem liegt Salzgeruch in der Luft, so fein, dass er auch eingebildet sein könnte. Für Wetterfronten aus dem Osten gilt dies Zeichen nicht; wie Regen sich verlässlich ankündet, der aus dieser Himmelsrichtung kommt, wird er lernen.

//

Der Wind ist zu stark, der Seegang zu hoch, um auszulaufen, darum bleibt die *Selkirk* am Teelin-Pier vertäut, und die Dramatisierung von *Moby-Dick* wird nicht auf dem offenen Atlantik aufgeführt, sondern hier im Hafen. Der Küstenabschnitt zwischen Killybegs und Teelin hat ihn getroffen wie ein Donnerschlag, in den nächsten Jahren wird er die Strecke über Muckross, Towney, Kilcar, Carrick und Aughera wieder und immer wieder fahren, wird Figuren seiner Bücher dort zur Welt kommen, Szenen dort spielen lassen. Zweiundzwanzig Jahre später, wenn er Irland verlassen hat, wird er nichts inständiger vermissen als diese Küste, die exponierte Bergstraße, die sich an ihr entlangzieht, die Strände bei Muckross, den Fußballplatz bei Towney, die Steinbrücke vor Carrick und den gewundenen Meeresarm, der, zuletzt schmal wie ein Bach, von Teelin an der Küste bis Carrick ins Land greift. Dürfte er eine Landschaft bestimmen, die beschreibt, wer er ist, es wäre dieser Küstenabschnitt.

Die Veranstaltungen des Mount-Errigal-Festivals finden überall im County Donegal statt; im Abbey-Kino von Ballyshannon hat er eine amerikanische, in einem winzigen Pub in Burtonport eine nordirische Band gesehen, in Dunfanaghy eine Tanz-Performance am Strand, die nach einer Viertelstunde abgebrochen werden musste, weil der Wind die aufgebaute Kulisse davonwehte. Das Ticket für *Moby-Dick* auf der *Selkirk* hat er sich schon vor Wochen gekauft.

//

Eigentlich hat er sich vorgenommen, sich nach der Trennung von der Frau, die es liebte, immer und überall im Mittelpunkt zu stehen, der Frau, die mit ihm nach Irland ausgewandert wäre, hätte er sich nicht vor der Abreise von ihr getrennt, weil er ihren exaltierten Narzissmus und ihre Flatterhaftigkeit nicht länger ertrug – eigentlich also hat er sich vorgenommen, sich nicht mehr zu verlieben, aber jetzt geschieht es doch, er kann sich nicht dagegen wehren. Die Frau, die neben ihm sitzt, hat er schon einmal gesehen, nach einer Weile fällt ihm ein, wo: Sie ist die Geigerin der Band Four Acres But No Horse, deren Auftritt er beim Fleadh-Cheoil-Festival in Ballyshannon durch das Pub-Fenster gesehen hat. Sie riecht nach Vanille, trägt dünne Armreifen, die leise klingeln, wenn sie sich bewegt, und lacht an den gleichen Stellen wie er, nur länger. Als der Darsteller des Ahab seine Harpune in den Boden der Bühne rammt, packt sie vor Schreck seinen rechten Arm, drückt ihn und lässt ihn bis zur Pause nicht wieder los. Sie sitzen im leeren Frachtraum des Schiffs, in den eine Eisentreppe hinunterführt, auf einem einfachen Podest; es stinkt nach Diesel, darum wird ihm übel, obwohl das Schiff kaum schaukelt. Man hat sie informiert, dass Liverpool der Heimathafen der *Selkirk* ist, die jetzt mit *Moby-Dick* von Hafen zu Hafen tourt,

England, Schottland, Wales und Irland. Die Schauspielerinnen und Schauspieler sind Drogenabhängige, welche einen Entzug machen, indem sie sich spielend in andere verwandeln und alle auf einem Schiff anfallenden Arbeiten gemeinsam erledigen. Sie spielen voller Enthusiasmus, Dringlichkeit und ohne Eitelkeit. Er vergisst seine Übelkeit, ist begeistert, was auch an ihrer Hand auf seinem Arm liegt. Ein Schauspieler ringt mit den Sätzen, ihm hört er am liebsten zu, weil er ihm ansieht, dass er diesen Kampf gern ficht.

In der Pause trinken sie auf dem Oberdeck ein Glas Weißwein an der Bar, die im Schornstein des Schiffes eingerichtet ist, das große Fenster, das ins Metall geschnitten worden ist, dient als Verkaufstresen. Der Wind ist abgeflaut, jetzt ist es zu spät, um noch in See zu stechen. Colette lebt in Ardara und arbeitet in einem Hotel an der Rezeption, weil sie als Geigerin nicht über die Runden kommt; warum erzählt er ihr nicht, dass er sie in Ballyshannon gesehen hat? Nach der Pause legt er seine Hand auf ihren Arm; Menschen mit grünen Augen stehen den Feen nah, behauptet Margaret, außerdem sind sie auf der Erde, um nach Menschenkindern zu suchen, die sie mitnehmen können. Begegnet er jemandem mit einem braunen und einem grünen Auge, soll er sich in Acht nehmen, hat Margaret ihn gewarnt, das sei ein Menschenkind, welches den Feen gehöre.

Sie essen in einem Pub in Killybegs, tatsächlich hat Colette ein grünes und ein braunes Auge, laut Margaret ist das braune Auge der Beweis dafür, dass sie einmal ein Mensch war, nach ihrem Tod aber weder in den Himmel noch ins Fegefeuer, die Vorhölle oder die Hölle kommt, sondern in die Feenhügel Donegals. Ihr Tisch steht nah am Kamin und ist so klein, dass sich ihre Knie und Ellbogen berühren. Einen Freund hat Colette nicht, verheiratet war sie nie. Auch jetzt sagt er ihr nicht, dass er sie spielen gehört hat und wie viel ihm das Lied »Matty Groves« in seiner Jugend bedeutet hat; seine eigene Arbeit macht er kleiner, als sie für ihn ist. Bevor sie in ihre Autos steigen und nach Hause fahren, Colette nach Ardara, er nach Copany, umarmen sie sich lange, und er fragt sich, spürt er Leidenschaft oder Verzweiflung, findet aber, ihre Körper passen perfekt ineinander.

»Deinen Namen«, sagt sie, ohne ihn loszulassen, »kann ich aber nicht aussprechen. Sorry. Unmöglich. Das H, weißt du. Wie würdest du denn gern heißen?«

»Welcher Name passt zu mir?«, sagt er in ihren dichten Haarschopf, der nach Torf riecht.

»Sean«, sagt sie ohne Zögern.

»Und wie würdest du gern heißen?«

»Sabrina.«

Sabrina und Sean, eine Geschichte beginnt. Ob sie es wert ist, erzählt zu werden, wird sich weisen.

//

Alles geschieht nur einmal und danach niemals wieder, außer in der Erinnerung.

//

Ich saß in der hintersten Reihe, wo Mr McDermott mich zwar sah, ich aber trotzdem unsichtbar war und nie aufgerufen wurde. Mein Vater hat Mr McDermott nicht nur Kartoffeln gebracht, sondern ab und zu eins unserer Kaninchen. Ich habe zugehört, als Vater ihm in unserer Küche erzählte, wie geschickt ich sie ausnehme und häute, Schafe schere, wie ich mitgeholfen hatte, als wir die Sau schlachteten, und dass er die Arbeit auf dem Hof ohne mich niemals bewältigen könnte, seit mein Bruder Eamon im Osteraufstand 1916 vor der Liberty Hall in Dublin von den Briten erschossen worden war. Vater brauchte meine Hilfe mehr als ich Bildung, also nahm er mich 1921 mit fünfzehn aus der Schule, im gleichen Jahr, in dem der irische Freistaat gegründet wurde. Unser kleiner Hof lag in Cró an Chaorthainn, hoch oben in den *croaghs*, den Na Cruacha Gorma oder, wie sie englisch heißen, Blue Stack Mountains. Mutter war bettlägerig und in einer anderen Welt. Sie sah Tote und Untote, mit uns redete sie nicht mehr, ihr Blick war leer, und doch sah sie mehr als wir. Sie befand sich zwischen den Welten, war weder hier noch da. Mit zweiundzwanzig kam ich zum ersten Mal in eine Stadt, nach Sligo, vier Jahre später begleitete ich Vater nach Dublin, wo er untersucht wurde. In beiden Städten bin ich nie mehr gewesen. Mit einem Mann war ich nie zusammen, es hat mir, glaube ich, nicht geschadet. Samstags fuhr Vater mit dem Fahrrad die neun Meilen nach Donegal Town, ich blieb bei Mutter, ich wollte sehen, was sie sah, wollte hören, was sie hörte: das Wasserpferd Each Uisge, das aus Bergseen mit fliegenden Hufen auf sie zustürmte, Cluricaun, der niemals in Gesellschaft ist, sondern immer für sich allein, die Banshee in ihrem weißen Mantel, den weißen Schleier um den Kopf, die in der Nähe eines Menschenhauses erscheint, um den baldigen Tod eines Familienmitgliedes anzukünden, oder die Phuka mit ihrem dunklen Nachtwesen, die sich als Adler, schwarzes Pferd oder als Fledermaus zeigt – Mutters Gesellschaft, die mir für viele Jahre unsichtbar blieb, die ich weder hörte noch roch, und dennoch war sie da, in Mutters Kämmerchen unter dem Dach.

Wie sich an einem Sommerabend in meinem letzten Schuljahr zeigte, glaubte auch Vater an die Anderswelt. Wir waren auf der Suche nach einem ausgerissenen Schaf, als er mich auf ein schmales Wiesenband aufmerksam machte, das dicht bewachsen war von Löwenzahn, Klee und Hahnenfuß und wellenartig bis zum Horizont bergan stieg. Ich hatte gelernt, Geduld zu haben, wenn Vater mir etwas zeigte, und ich brauchte lange, bis ich es sah: Die Vögel vermieden es, auf der Wiese zu landen, über welcher ein trügerisches Licht zitterte, und wenn sie darüberflogen, ich habe es gesehen, verschwanden sie. Vater erklärte mir, das sei der Ort, an dem sich die Seelen der Leute versammelten, die verschwunden waren, ertrunkene Seeleute zum Beispiel, deren Leichen nie gefunden worden waren, oder Leute, die kein christliches Begräbnis erhalten hatten. Am St. Brigid's Day, zum Samhain-Fest, das man später als Halloween kannte, und an Weihnachten versammelten sie sich, schrien wie Vögel und sahen auf das Feld der Verschwundenen hinunter. Jeder, der die Wiese betrete, erleide dasselbe Schicksal wie die Verschwundenen; wer an den erwähnten Tagen die Schreie höre, solle das Kreuz schlagen und sie mit lautem Beten übertönen.

Zur Kirche gingen wir selten, Vater und ich, auch, weil der Weg in die Clare Chapel lang war. Der Weg zu Gott war kürzer, er war bei uns und später, als ich allein war, allein mit den Tieren und meinen Erinnerungen, mit mir. Nach dem Tod der Eltern blieb ich hier, Cró an Chaorthainn war der Ort, den ich kannte, unter Menschen fühlte ich mich nicht wohl. Mutter hatte mir erzählt, Gott habe unseren zwei Eseln das dunkle Kreuz auf den Rücken gemalt, in einem Moment, in dem keiner zuschaute, um uns Menschen zu zeigen, wie wichtig Esel sind. Verstanden haben seine Botschaft wenige. Nicht die Hälfte wäre mein Leben wert gewesen ohne meine Esel, nicht die Hälfte.

Steine waren unser Fluch, oben in den *croaghs*, große Steine, kleine Steine, zahlreicher noch als die Sterne am Himmel, wenn ich wüsste, wie viele tausende ich aus der Erde geklaubt und gegraben und in Eimern weggetragen habe, Steine, die wie Pilze aus dem Boden schossen, als wollten sie mich ärgern oder doch niemals zur Ruhe kommen lassen. Meine Steinmauern waren berühmt, Mauern, um bestimmte Geister und die Schafe anderer von unserem Grund fern zu halten, Mauern, die sich über Bergflanken hinzogen wie Zeilen auf einer Buchseite.

Am 14. September 1990, einem windstillen Tag mit Nieselregen, bin ich mit dreiundachtzig Jahren an einem Herzstillstand gestorben. Ich lag vor dem Haus. Das

Feuer im Kamin war noch warm, als Peadar mich fand, der auf dem Nachbarhof wirtschaftete, ich war auf dem Weg, Torf zu holen. Eine Krähe hat mir das linke Auge ausgehackt, ein schönes, stolzes Tier mit blauschwarzem Gefieder, das mich lange musterte und zärtlich knarzend nach mir rief, über Lough Eske stand ein Regenbogen, ich habe ihn gesehen, groß genug für Götter, also auch für mich, um aufzufahren und meine Familie wiederzusehen, Eamon, Vater und Mutter.

//

Ihre Pferde trotten einige Minuten hintereinander auf dem Kamm der Düne her, dann führt der ausgewaschene und erschreckend bröcklige Treidelpfad in die Bucht von Tullan hinab. Sabrina kennt die Küste bei Bundoran aus ihrer Kindheit; da sie besser reitet als er, überlässt er ihr die Führung. Sie ist mit dem Besitzer des Reitstalls befreundet, deswegen dürfen sie ohne Begleitung und immer mit den gleichen Pferden ausreiten; ihres ist dunkel, sehnig und groß, seines klein, braun, stämmig. Das Spannen und Entspannen ihrer Schenkel, mit dem sie ihr Pferd dirigiert, ist ein Anblick, von dem er sich kaum lösen kann, er weiß um die Kraft ihrer Beine. Er kennt Sabrina noch nicht lange, kann aber sagen, dass sie eine geduldige Zuhörerin ist, einem Gespräch nicht ihren Stempel aufdrückt und unangenehme Themen lieber meidet. Es wird einige Monate dauern, bis er diesen Charakterzug auch als feige einstuft. Dass sie ihm das Gefühl gibt, etwas über ihn zu wissen, was er selbst nicht erkennt, stört ihn jetzt schon. Wie stark der Wind bläst, begreift er, als sie aus Zwielicht und Schutz der Dünen auf den Strand hinausreiten und Sabrinas Haare wie ein Strahlenkranz um ihren Kopf geweht werden. Jetzt ist auch das Donnern der Wellen zu hören; die Surfschule hat bereits Schluss gemacht, und es sind nur einige wenige Surfer draußen hinter der Brandungslinie. Im Licht der Sonne, die im Westen tief steht, wirkt der Sand, als sei er flüssig, Wind bläst lange Gischtfahnen von den Wellenkämmen, in der Luft liegt der Geschmack nach Salz. Der Sand, anfangs hart und festgebacken, wird dunkler und weicher, je näher sie dem Meer kommen, welches glitzert und zittert, als stehe es unter Strom. Sein Pferd wiehert; er spürt, in welche Aufregung das Wasser es versetzt, ein Schauer zieht über das hellbraune Fell, und er legt seine Hand auf seine Flanke. Sabrina würde wohl gern galoppieren, aber sie nimmt Rücksicht auf ihn. Sie lenken die Pferde ins Wasser, bis es zu ihren Knien reicht, drehen ab und trotten dem zischelnd auslaufenden Saum entlang in Richtung Ballyshannon. Nach einer Weile schließt er die Augen, lässt sich nach vorn sinken, legt die Wange an den kühlen Pferdehals und überlässt sich dem Tritt des Tieres, das immer wieder schnaubt und schnoddert.

»Fall mir nicht ins Meer, Sean.«

Sabrina legt ihm die Hand auf den Arm, im gleichen Moment erhebt sich ein großer Hubschrauber des nahen Militärstützpunktes aus den Dünen, als habe er darauf gewartet, sie zu erschrecken, und jagt über sie hinweg aufs offene Meer hinaus.

//

Bonner's Corner Bar, Ballybofey

A
Warst du schon beim neuen Italiener in Donegal Town?
B
Ich fahr nie nach Donegal Town.
A
Bella Donna.
B
Falls ich mich ins Auto setze, fahr ich gleich bis Sligo. Gefällt mir besser als Donegal Town.
A
Wenn du nach Sligo fährst, fährst du durch Donegal Town.
B
Nicht mehr lange. Sie bauen eine Umfahrung.
A
Bella Donna heißt schöne Frau.
B
In Sligo gibt's auch einen Italiener. Bianconi.
A
Nach dem Essen haben wir Cappuccino getrunken.
B
Ist das nicht ein Frühstücksgetränk?
A
Nicht für Europäer, Ol' Boy.
B
Sind die Italiener in der EU?

A

Mein Schwiegersohn ist neuerdings Makrobiotiker.

B

Ist das der Däne?

A

Holländer. Guus. Er duscht jeden Tag.

B

Makrobiotiker? Das bedeutet?

A

Keine Ahnung. Er schmiert sich mit Bodylotion ein.

B

Vielleicht isst er nur noch Fliegen? Oder Läuse?

A

Nüsse, Samen, Hülsenfrüchte.

B

Brennnesseln?

A

Manchmal frag ich mich,
warum ich noch mit dir rede, Patsy.

B

Von mir aus können wir auch schweigend trinken!

//

Was ihm nach einigen Monaten in der Fremde fehlt, sind die Wälder der Schweiz, die Wälder seiner Kindheit. Albisrieden, der Stadtkreis Zürichs, in dem er aufgewachsen ist, hatte bis in die siebziger Jahre einen dörflichen, ländlichen Charakter. Der Mietblock, in dem seine Familie wohnte, stand neben der Endstation einer Tramlinie, einer Schienenschleife, die sich um einen Schrebergarten zog, in welchem Martinelli, einer der italienischen Gastarbeiter des Quartiers, nicht nur Tomaten und andere Gemüse zog, sondern auch Kaninchen hielt, die er an Schlachttagen gehäutet an eine Wäscheleine hängte, bis sich Fahrgäste bei den Zürcher Verkehrsbetrieben beschwerten. Keinen Steinwurf von der Endstation entfernt, stiegen Wiesen zum Wald hin an, der sich von Albisrieden über die Waldegg und den Uetliberg bis zum Albis erstreckte. Dieser Wald rettete seine Kindheit, war sein Versteck, Sehnsuchtsraum und Abenteuerland, sein Urwald, in dem er verschwand und den er kannte wie seine Hosentasche. Er wusste, wo sich Lichtungen auftaten, wo sich Dickicht und Unterholz zu Gürteln verwuchsen, die ohne Messer nicht zu durchqueren waren, wusste, wo Brombeeren und Bärlauch wuchsen, wo der Boden trocken war, wo sumpfig, wo Felsblöcke lagen, die vor Unwettern Schutz boten, wo sich die Unterstände der Forstarbeiter befanden. Er baute Hütten und Ausgucke, Fallen und Feuerstellen, staute Bäche, flutete Uferstellen, an die sich nie jemand verirrte. Der grüne lichte Dom, gestützt von Abertausenden von Baumstämmen, geschützt von einem hoch über ihm aufgespannten Blätterdach, wurde ihm zum Spiegelsaal der Seele, fernab von Lehrern und Eltern, Pflichten und Vorschriften. Die Belehrung eines Lehrers, die Menschen seien nicht für das Leben im Wald geschaffen, da ihre evolutionäre Vergangenheit in der Steppe liege, weshalb ihre Sinne auf offene Graslandschaften mit weitem Sichtfeld ausgelegt seien, galt nicht für ihn. Im Wald, so der Lehrer, zähle das gute Sehvermögen des Menschen wenig, im Wald seien ein ausgebildeter Geruchssinn und ein ausgeprägtes Gehör wichtiger, Eigenschaften, die beim Menschen eher schlecht ausgeprägt seien. Er aber hörte und roch den Wald, immerhin war er zu jeder Tages- und Jahreszeit dort, hörte Tiere rascheln, hörte das Trommeln des Regens auf dem Blätterdach, in Zweigen und Ästen den Wind, roch Pilze, vermoderte Blätter, Feuer, Harzknollen, die an Stämmen glänzten.

Die Wälder Irlands sind vor Jahrhunderten von den Briten abgeholzt worden, um Holz für ihre Flotte zu gewinnen, und die aufgeforsteten Nadelwälder Donegals haben nichts gemein mit dem verwunschenen Zauber des Mischwaldes seiner Kindheit, sind nichts als effiziente Holzfabriken mit dem einzigen Zweck, so schnell als möglich Baumaterial zu produzieren. Was seine Sehnsucht nach Wald stillt, ist die Literatur; er hat gewusst, wie wichtig der Wald als mystisch und mythologisch aufgeladener Handlungsort in der Literatur ist, doch erst in Donegal, der Möglichkeit beraubt, sich in einem wirklichen Wald zu verlaufen, geht ihm auf, wie zentral der Wald als Motiv in vielen Gedichten und Romanen ist. Eine Weile spielt er mit dem Gedanken, eine Geschichte ausschließlich im Wald spielen zu lassen, doch dann lässt ihm der imaginierte Chor ehemaliger Schüler keine Wahl.

//

Auf der Brücke, die vor Killybegs über den Sund führt, muss er das Fenster schließen, derart penetrant stinkt es aus der Fabrik, die am Ortseingang Fisch verarbeitet.

Über dem Hafen kreisen Möwen, ein Mann in Gummistiefeln spült mit einem Schlauch blutige Innereien vom Pier ins Hafenbecken.

Sabrina hat ihm nicht nur Maghera Beach in Ardara gezeigt, sondern auch die Steilklippen Slieve League; in fünfzehn Jahren werden sie Teil des touristischen »Wild Atlantic Way« sein, wird ein mit Geländern gesicherter, breiter Weg aus aufwendig verlegten Steinplatten bis auf den Grat führen, aber als Sabrina ihm die Klippen zeigt, gibt es nur einen ungesicherten Trampelpfad, der erstaunlich dicht am Abgrund entlang verläuft, sich an mehreren Stellen im Heidekraut verliert und an zwei Passagen nur kletternd bewältigt werden kann, es sei denn, man wählt den langen Umweg über die begraste Schulter der Klippe. Sie haben sich angewöhnt, sich am Hafen von Killybegs zu treffen und dann in einem Auto über Carrick bis zu den beiden Viehgattern zu fahren, hinter denen eine schmale Straße bis auf einen Parkplatz auf der Meerseite direkt unter der Klippe führt. Touristen lassen ihre Mietautos in der Regel auf dem unteren Parkplatz neben den Gattern stehen; Sabrina weiß, dass man durchaus hinauffahren darf, solange man die Gatter hinter sich schließt. Jahre später wird das nicht mehr möglich sein: Shuttlebusse bringen Touristen und Wanderer auf den oberen Parkplatz, auf dem dann auch Imbisswagen stehen werden. Im Sommer 1997 aber sind die Slieve Leagues ein unberührter Fleck wilder Natur. Für die Strecke vom oberen Parkplatz bis auf den Grat benötigen sie bald nur noch eine halbe Stunde, ihre Route ist nicht ungefährlich, aber spektakulär. Wie weit sie auf dem Grat wandern, hängt vom Wetter ab; ihren bevorzugten Platz, eine grasgepolsterte Senke an exponierter Lage über der Felswand, erreichen sie nach zwei Stunden, den höchsten Punkt der Steilklippen, sechshundert Meter über der Bucht, ersteigen sie nur einmal.

Schon wieder ein Ausguck, auf dem er sitzt, ruhig atmet und übers Meer Richtung Westen schaut, schläfrig und doch hellwach. Was sucht er? Unter ihnen brodelt das Wasser, als werde es erhitzt. Eine Welt in der Schwebe, der Horizont lässt sich nur selten festlegen. Fischtrawler ziehen vorbei, Möwen, schwindelerregend hoch über dem Abgrund, und doch auf Augenhöhe mit ihnen, die schwarzen Knopfaugen starr auf sie gerichtet.

//

Wer weggeht, tut irgendwann so, als habe es ihn vor seiner Abreise nicht gegeben, als sei er erst am neuen Ort zu sich gekommen, zu sich selbst geworden. So lässt sich auf die Dauer natürlich nicht leben. Und schreiben auch nicht, denn Schreiben ist immer auch der Blick zurück.

//

Sabrina ist es unangenehm, wenn er ihr beim Üben zusieht, darum hat er ihr immer noch nicht erzählt, dass er sie in Ballyshannon auf der Bühne gesehen hat, bevor sie sich kennenlernten; zuhören darf er, solange er sich nicht im gleichen Raum befindet, am liebsten liegt er dabei in ihrem Schlafzimmer, vor dessen Fenster eine dichtbelaubte Kastanie steht, eine Baumart, die es in Donegal selten gibt, wie sie ihm erzählte. Da sich das Zimmer unter dem Schrägdach befindet, liegt er wie in einem Giebelzelt, vor sich das grüne, wogende Blättermeer, welches das Sonnenlicht filtert und ihr Bett mit tanzenden Flecken sprenkelt. Er hört ihrem Spiel an, dass sie weiß, er liegt in ihrem Bett und hört ihr zu. Erstaunlich, dass jemand, der so oft öffentlich spielt wie sie, nervös wird, wenn ihr jemand allein zuhört. Allerdings dauert es nicht lange, dann wird ihr Ton klar, ihr Spiel flüssig und sicher, ohne je arrogant zu klingen. Sie spielt die Töne, die sie gesucht und gefunden hat, mit der nötigen Demut, findet er, zum Glück aber auch, ohne sich kleiner zu machen, als sie ist. Sabrina ist eine gute Musikerin, dieses Urteil traut er sich zu, obwohl er in sie verliebt ist. Ihre Töne fließen ineinander und werden zum Teppich, auf dem er sich ausstrecken würde, läge er nicht schon auf ihrem Bett. Steht sie auf der Bühne, ist sie ihm fremd und einen Tick unsympathisch, doch um ihr das zu sagen, kennen sie sich nicht lange genug; ihr Blick wird flehend, sie will bewundert und geliebt werden. Früher hat es ihn weniger gestört, wenn Menschen sich vor anderen Menschen produzierten, er hat es selbst getan, wenn er aus seinen Büchern vorlas. Die Erinnerung ist ihm unangenehm, wahrscheinlich mag er Sabrina deshalb weniger, wenn sie öffentlich auftritt. Die beiden Männer in ihrer Band behandeln ihn von oben herab und lassen ihn spüren, dass sie nicht verstehen, warum sie mit ihm zusammen ist; mit der Sängerin aus Derry dagegen versteht er sich auf Anhieb.

Aus Sabrinas Schlafzimmer kann er auch das Meer

sehen, allerdings muss er dazu ans Fenster treten: Ihr Grundstück, eine Wiese, die er nach kurzer Zeit für sie mäht, fällt hinter ihrem Haus rasch steiler werdend ab, geht nach etwa fünfzig Metern in ein unbewirtschaftetes Feld über, das sich seinerseits in spärlich begrasten Dünen verläuft. Sie spazieren oft am Meer, aber selten hier vor ihrem Haus, sondern draußen am Maghera Beach, wo sie ihn in tiefe Höhlen im Fels führt und auf Sandhügel, die bei auflaufender Flut in kürzester Zeit unter Wasser stehen und deren Form und Gestalt von den Gezeiten fortlaufend verändert werden. Ein Ziel haben ihre Spaziergänge nie, nur eine Richtung. Mehrmals werden sie von heftigen Regengüssen überrascht, suchen Zuflucht in einer der Höhlen, wo sie Arm in Arm sitzen, vor sich das aschgraue, tosende Meer, und über dessen rätselhafte Tiefe reden, vom Donnern der Brandung zum Schweigen gebracht werden und zusammenfahren, wenn gewaltige Wellen mit scharfem Knall bersten. Als es noch warm war, schwammen sie manchmal in der Bucht bei Illancreeve, die von der Brandung nicht erreicht wird, weshalb das Salzwasser dort unbewegt zwischen Landzungen und Dünen steht und sich angenehm aufheizt.

Er liegt gern in ihrem Bett, sieht in das flirrende Blättermeer hinaus, hört ihr beim Geigen zu, Zeit und Raum und sich selbst wundersam enthoben, und freut sich doch, wenn die Musik irgendwann abbricht und er ihre Schritte auf der Treppe hört.

//

Ist die Ferne wirklich der paradiesische Ort, an dem das Spannende und das Ungekannte hausen? Und ist die Heimat wirklich die Hölle der Gewohnheit, der Langeweile?

//

Je kürzer und dunkler die Tage werden, desto bitterer und böser wird Horbers Tonfall; er behauptet, Iren hätten keine Hoffnung und lebten in permanenter Verzweiflung, für irische Frauen seien irische Männer die größte Enttäuschung, für irische Männer alles, einfach alles, was tragisch sei für eine Nation, welche die Religion und den Glauben seit so vielen Jahren hochhalte. Auch Niederlagen im Carrom erträgt er nur mehr schlecht, einmal schleudert er seinen Striker quer durchs Wohnzimmer, trifft den Tonarm des Plattenspielers, sie hören »Déjà Vu« von Crosby, Stills, Nash & Young, und gibt ihm die Schuld, dass sie einen Kratzer bekommt. Er steht wortlos auf und geht. Als er Horber zehn Tage später besuchen will, ist sein Cottage in Edergole verlassen: Die Holzläden sind geschlossen, die Stühle, Sonnensegel und Autosessel weggeräumt. Ende September erhält er eine Postkarte aus Palenque; Horber wird vier Monate durch Mexiko reisen und den Winter dort verbringen. Den Straßenzug, der auf der Postkarte abgebildet ist, erkennt er, wenn er sich nicht täuscht; 1985 ist er zwei Monate durch Mexiko gereist und hat in Palenque übernachtet. Natürlich erinnert ihn die Postkarte auch daran, dass er in Mexiko zweimal dem Tod begegnet ist, seinem Tod, einmal in Gestalt zweier Männer, die ihn in der Gasse, die zu seinem Hotel führt, erst niederschlugen und dann mit einer Machete bedrohten, die Gesichter hinter Tüchern verborgen, auf den Köpfen Cowboyhüte aus hellem Stroh. Was wäre geschehen, hätte er kein Geld dabeigehabt und keine Armbanduhr getragen? Dass ihm der eine einen Tritt in die Niere verpasste, bevor sie mit ihrer Beute flüchteten, hätte ihn um ein Haar dazu gebracht, ihnen nachzulaufen, zum Glück ließ er es bleiben. Er lag auf dem Rücken, wartete darauf, dass der brennende Schmerz nachließ, über sich den Abglanz der Stadtlichter Palenques, dahinter, weit, weit dahinter, ein Sternenfirmament von vollendeter Pracht, aufgespannt nur für ihn, und dachte an den 19. September, als ihm in Mexico City um sieben Uhr morgens der Tod schon einmal begegnet war, als ein Erdbeben die Stadt erschütterte. Dass sein Hotel in der Zona Rosa stehenblieb, während andere in nächster Umgebung wie Kartenhäuser zusammenfielen, sieht er als Fingerzeig, den 19. September als zweiten Geburtstag zu betrachten, ein Fingerzeig, der ihm auf der Busfahrt von Mexico City nach Puebla drei Tage später bestätigt wurde: Eine junge Frau hatte einen Vogelkäfig auf den Knien, dessen Tür irgendwann aufsprang, worauf ein gelber Kanarienvogel hinaushüpfte, aufgeregt über die ungewohnte Freiheit mehrere Minuten durch den Bus flatterte, bevor er sich ausgerechnet auf seinen Kopf setzte, wo er sich fangen ließ. Dass Horber keine Postkarte mit Fotos der Maya-Tempel ausgewählt hat, gefällt ihm, auch wenn er davon ausgeht, dass er sich die Anlage im Dschungel angesehen hat. Unter seine Unterschrift hat Horber ein schweizerdeutsches Wort geschrieben, das er ihm beigebracht hat: Schiisseteckel.

//

Daithi McKee, 2. Reihe

Ich bin nur zwei Jahre hier zur Schule gegangen, von 1967 bis 1969, jede Minute war eine Minute zu viel. Ende Juni 1969 zogen wir nach Belfast, wo die Familie meiner Mutter lebte; ihr Vater Cathal besorgte uns ein Reihenhäuschen an der Grosvenor Road und meinem Vater Arbeit in einer Werft. Ich war vierzehn, gewöhnte mich schnell an das neue Leben in der Stadt und fand neue Freunde, darunter etliche Protestanten. Am 12. August 1969 lernte ich die Briten und die Prods zu hassen: Obschon man ihnen davon abgeraten hatte, bestanden die protestantischen Apprentice Boys of Derry auf ihrer Parade, die sie in die katholische Bogside führte, worauf es zu Schlachten zwischen der RUC und Katholiken kam. Die Polizei setzte CS-Gas ein; bald waren auch die B-Specials im Einsatz, und der Premierminister der irischen Republik warnte, seine Regierung werde nicht tatenlos zusehen, wie man katholische Nationalisten attackiere; Nordirland stand am Rand eines Bürgerkrieges, der auf die ganze Insel überzugreifen drohte. Am 14. August verlangte die RUC von der nordirischen Regierung militärische Unterstützung aus England, am gleichen Tag trafen die ersten britischen Soldaten in Derry ein. Dass sie Nordirland erst nach dreißig Jahren wieder verlassen würden, hat damals nicht einmal mein Großvater Cathal erwartet.

Um den Druck von der Bogside in Derry zu nehmen und die RUC in ihre Schranken zu weisen, riefen unsere Leute Nationalisten in anderen Städten Nordirlands zu Protesten auf, was die militärische Präsenz der Briten allerdings weiter verstärkte. Wir hassten die sechshundert britischen Infanteristen, die durch die engen Straßen patroullierten, welche die katholische Falls Road mit der protestantischen Shankill Road verbinden, wo wir lebten. Bei den zweitägigen Unruhen gab es acht Tote, zwei Protestanten und sechs Katholiken, West- und Nord-Belfast waren in Kriegsgebiete verwandelt, Barrikaden blockierten Straßen in katholischen Vierteln, um Übergriffe der Loyalisten, der RUC und der britischen Armee zu verhindern, ganze Häuserzeilen wurden abgefackelt, tausendfünfhundert Katholiken aus ihren Häusern und Wohnungen vertrieben.

Am 16. August 1969 trat ich der Official IRA bei.

Die meisten Waffen, an denen ich ausgebildet wurde, stammten aus dem Zweiten Weltkrieg. In sicheren Häusern von Sympathisanten führten uns Offiziere vor, wie man diese Waffen zerlegt und zusammenbaut, bis wir es blind hinkriegten. Beim Garrand-Gewehr war ich einer der Schnellsten, und es dauerte nicht lange, bis ich selber zum Ausbilder für neurekrutierte Mitglieder wurde. Um zu lernen, wie man schießt und mit Sprengstoff umgeht, gab es Trainingscamps in der Republik; wir wurden über die Grenze nach Dublin und von dort nachts auf irgendeine abgelegene Farm gebracht. Wobei wir in diesen Camps nicht oft wirklich Schüsse abfeuerten, weil die Munition knapp und heilig war.

Der bewaffnete Kampf und die Tatsache, dass ich IRA-Mitglied war, waren der Inhalt meines Lebens, es gab nichts, was mehr zählte, genau wie für meinen Großvater Cathal, meinen Vater Ruary, meine Mutter Mary und meinen älteren Bruder Padraic. Die verschiedenen Fahrzeuge der Brits erkannte ich allein am Geräusch ihrer Reifen auf dem Asphalt, aus welcher Himmelsrichtung ihre Hubschrauber anflogen, daran, ob die Fensterscheiben zur Straße oder die zum Hinterhof klirrten. Bevor wir uns schlafen legten, verriegelte unsere Mutter die Tür zur Straße, löschte alle Lichter, tränkte in der Badewanne eine Bettdecke mit Wasser und legte sie vor den Bodenspalt der Haustür, falls unsere Straße in Flammen aufgehen sollte. Danach ging sie mit geschlossenen Augen durch unser dunkles Häuschen, ging blind von einem Zimmer zum nächsten, die Treppe hinauf und hinunter, und prägte sich unseren Fluchtweg ein.

Ab 1970 ging ich kaum mehr zur Schule. Ich war Teil der IRA. Punkt. Ich war in der Lower Falls Road direkt bei einer unserer Barrikaden stationiert, in der Nähe der alten Garvey's-Farbenfabrik. Nach einer Weile wurde ich zum Spezialisten für Benzinbomben: Einer unserer Explosive Officers entwickelte eine Art Brennerpapier, damit wir die Molotowcocktails nicht mehr anzuzünden brauchten, bevor wir sie warfen, denn das machte uns zum leichten Ziel für die Scharfschützen der Brits. Man zerriss Seiten der *Irish News* in Streifen, tränkte sie in eine Mixtur aus Natriumchlorat, Zucker und irgendeiner anderen chemischen Flüssigkeit und hängte die Streifen an die Wäscheleine. Wenn sie trocken waren, brauchte man sie nur noch um die Flasche voller Benzin zu wickeln und festzubinden. Das Ding explodierte, sobald das Glas zerbrach und das Petrol mit dem Brennerpapier in Berührung kam. Bum! Am Anfang des Konflikts haben uns die Brits bei Einsätzen über das Megaphon noch gewarnt: »Bombenwerfer werden erschossen!« Aber damit hörten sie bald auf.

Und so bin ich ums Leben gekommen, eine Petrolbombe in der linken Hand, meiner Wurfhand; ich wurde fünfzehn Jahre, drei Monate und zwei Tage alt. Es war ein warmer, regnerischer Tag, in der Luft lag der Geruch des Meeres, der mich seltsamerweise an unser Cottage in Drumnahoul in Donegal erinnerte, an die Fliegen, die an gewissen Sommertagen als schwarzer Fleck auf der Stallwand saßen und sich summend in die Luft erhoben, wenn man in ihre Nähe kam. Ich sah die Kugel kommen, ich schwöre es, zuerst hörte ich ihr Jaulen, doch da war es bereits zu spät, ihr zu entkommen, dann sah ich sie, unweit von unserem Haus an der Grosvenor, sah, wie sie auf mich zujagte, meine Kugel, dann war ich auf einen Schlag allein.

//

Der Oktober bringt heftige Stürme, Dauerregen, Hagel. Es wird früh dunkel und spät hell. Am Küchentisch brütet die Einsamkeit neben ihm, am Arbeitstisch kann er sie fernhalten, er schreibt mehr denn je zuvor. Bisher ist das

Schreiben eine Quälerei gewesen, nun ist es so einfach wie atmen. Ein Tor ist geöffnet worden, das verschlossen war, *es* lässt sich nicht aufhalten, *es* schreibt und schreibt. Er telefoniert mit Freunden in der Schweiz, mit R., der ihn gern besuchen würde, wie er mantraartig wiederholt, aber leider keine Zeit hat, da er beschäftigt ist, mit C., den erneut eine Depression im Griff hat, weshalb er sich außerstande sieht, die Wohnung in Zürich zu verlassen, geschweige denn, ein Flugzeug zu besteigen, mit S., der aufgehört hat zu malen, Acrylfarbe in Blöcke gießt und es nicht lassen kann, ihm sarkastisch vorzuhalten, wie feige es doch ist, sich »in Irland zu verkriechen wie in einem Wandschrank«. Auch mit den Eltern telefoniert er, obwohl ihn die Vorträge, die sein Vater unweigerlich hält, ärgern und er sich lieber in Ruhe mit seiner Mutter unterhalten würde. Nachts schreckt ihn das Orgeln des Windes im Kamin aus dem Schlaf. Das Dach hebt an zu singen, zu pfeifen. Manchmal ist ihm, als würden Steinbrocken durch den Gang gewuchtet, dann wieder scheint eine Riesenfaust unermüdlich gegen seine Tür zu klopfen. Der Wind ist es auch, der den Inhalt des Abfallsackes über Vorplatz und Wiese trägt, weil er ihn einen Tag zu früh vors Haus stellt und die Krähen ihn aufhacken. Es gibt Tage, an denen fürchtet er sich vor dem Wind, der nie versiegt, an anderen Tagen hasst er ihn, einmal tritt er sogar aus der Küche ins Freie, um gegen das Brausen anzubrüllen, was ihn zutiefst befriedigt, dem Wind aber gleichgültig ist.

Von Gerry erfährt er, dass Margaret nicht mehr bei ihm vorbeischaut, weil sie gestürzt ist und mit gebrochenem

Bein im General Hospital in Letterkenny liegt, jedoch nicht besucht werden kann, weil dort ein Darmvirus wütet, an dem bereits zwei Patienten gestorben sind. Die Zeit vergeht langsamer als jemals zuvor, es kommt ihm zum Glück gelegen. Langeweile kennt er keine, auch wenn er nichts tut, nichts, nur dasitzen, um die Blue Stack Mountains zu betrachten oder Gerrys Schafen zuzusehen, die sich von seinem Hund über die Schulter des Hügels geleiten lassen, gefasst und konzentriert, ein Akt der Ruhe, der Schönheit.

//

Sabrina und er fahren mehrmals nach Dublin, besuchen die National Gallery of Ireland und das Trinity College, wo sie lange anstehen, um einen Blick ins *Book of Kells* werfen zu können, das aufgeschlagen in einer Vitrine aus Panzerglas liegt; sie sehen ein Theaterstück von Sam Shepard im Abbey, die Hothouse Flowers im Olympia und The Frames im Whelan's, besuchen Lesungen von Don DeLillo und John Banville, spazieren durch den Phoenix Park und essen in Restaurants, die in der *Irish Times* gelobt wurden. Auf dem Weg nach Cork, sie übernachten in Galway und verbringen fast drei Stunden in Kenny's Bookshop, fahren sie durch Knock, ein Dorf an der Westküste, in dem es am 21. August 1879 zu einer Erscheinung der Jungfrau Maria kam: Mehr als zwei Stunden schwebte sie bei strömendem Regen vor der Dorfkirche in der Luft, tags darauf tauchten die ersten Pilgerscharen auf; die katholische Kirche anerkannte die Erscheinung nach wenigen Wochen, ein Buch listete auf, wer nach dem Besuch des Heiligtums geheilt wurde.

//

Als sie im Oktober 1997 bei strömendem Regen durch Knock fahren, steht der ganze Ort im Zeichen der Erscheinung, überall gibt es Läden und Stände, die geweihte Kerzen, Marienstatuen, Rosenkränze und jeden erdenklichen religiösen Nippes verkaufen; vor der Kirche, die an einen Atommeiler erinnert, warten Pilgerschlangen. Dass Knock seit 1968 über einen internationalen Flughafen verfügt – während der Boomjahre werden täglich Maschinen Badeinseln im Süden anfliegen –, ist das Werk Gottes, fragt man einen Gläubigen. Andere behaupten, die CIA habe ihn finanziert, damit amerikanische Flugzeuge Irlands Westküste anfliegen können, sollte der dritte Weltkrieg ausbrechen. »In Lourdes wirst du geheilt«, sagt Sabrina, als sie den Ort hinter sich gelassen haben, »in Knock bekommst du eine Lungenentzündung, wegen dem Scheißwetter!«

Sabrina zeigt ihm Derrys Bogside und die berühmte Stadtmauer, wo sie von einem heftigen Platzregen in ein Café gescheucht werden, in dem Sabrina ihm einen Satz sagt, der ihm im Lauf der Jahre in Irland immer wieder durch den Kopf gehen soll: *In Ireland we have just about enough religion to hate each other, but not enough to love.* Er weiß, dass der Satz von Graham Swift stammt und nicht von ihr. Sie machen Ausflüge an die Strände bei Portsalon und wandern am Malin Head an Donegals nördlichste Spitze, in Belfast wohnen sie in einem Hotel in der Nähe der Queen's University; er hat sich die Stadt als düster, ernsthaft und gefährlich vorgestellt und ist überrascht über die entspannte Atmosphäre; der Besuch der katholischen Falls Road und der protestantischen Shankill Road mit den martialischen Gemälden auf den Wänden, mit Stacheldraht befestigten Zäunen, Straßen und Bordsteinkanten bestätigt ihn darin, den Sätzen, die er schreibt, einen Kern abzuverlangen, der glüht. Ohne Kampf, daran erinnert ihn die Stadt Belfast, ist das Leben nicht zu haben.

Im Frühling werden sie in die Schweiz reisen, beschließen sie, er will Sabrina seine Geburtsstadt Zürich zeigen, Bern, Luzern, Basel und das Engadin.

//

In seinem siebten Jahr in Donegal, sieben Monate nachdem er die schriftlichen Bewerbungsunterlagen eingereicht hat, wird er die irische Staatsbürgerschaft erhalten, nicht im Gericht von Donegal Town, dort wird ein Mordfall verhandelt, sondern in einem Bankettsaal des Central Hotel. Nach zwei Stunden, in denen die Richterin, die eine weiße Perücke trägt, wie er sie aus Filmen kennt, die Vergehen dutzender Verkehrssünder abhandelt, wendet sie sich ihm zu und fordert ihn auf, sich zu erheben und auf die irische Verfassung zu schwören. Danach begrüßt ihn die Richterin unter dem Applaus der Raser, Parksünder und Trinker am Steuer als neuen Bürger der Republik Irland und überreicht ihm die amtlichen Unterlagen, wobei er sich fragt, ob ihr feines Lächeln stolz oder doch eher spöttisch ist.

//

Der ehemalige Schüler der Four Masters National School, der kurz vor Einbruch der Abenddämmerung am letzten Oktobertag des Jahres 1997 an seiner Haustür klingelt, geht an Stöcken; sein Neffe, er hat ihn von Sligo hergefahren, will lieber im Auto warten. Seamus Lafferty ist einundneunzig und wird sterben, wie er ihm unverblümt mitteilt, als er in der *porch* auf den Kleiderhaken mit der Nummer 17 zuhumpelt. Wie seine frühere Schule umgebaut worden ist, will er nicht wissen, er interessiert sich nur für die beiden Schlafzimmer, die früher ein Raum waren: das Klassenzimmer der Jungen. Wo das Pult stand, an dem er saß, weiß Seamus Lafferty genau: Er zeigt mit dem linken Stock auf einen großen schwarzen Fleck, über den er offen gestanden schon öfter nachgedacht hat, bestimmt, weil ihn seine Form an ein Gesicht im Profil erinnert.

»Tusche«, sagt Seamus Lafferty, »von mir. August 1927. Das Jahr, in dem ich hier endlich rauskam. Eyebrow hat mir eine gescheuert. Mit dem Zollstock.«

Tee lehnt Seamus Lafferty ab, zu einem Jameson sagt er ja, will sich aber nicht in die angebaute Küche setzen, sondern ins Wohnzimmer, »weil da früher die Mädels saßen«. Seine Lebensgeschichte gibt er nur auf Fragen preis, in Stichworten und Bruchstücken. Nach der Schule schuftete er auf Baustellen in England, Birmingham, Leeds, danach für Jahrzehnte in London, Hammersmith, East End, Brixton, immer schwarz, ohne Versicherung, ohne feste Anstellung. Eine Ehe ging in die Brüche, mit siebzig kam er aus England zurück, mittellos, krank, und landete in einem Heim in Sligo. Seine Kinder hat er seit Jahren nicht gesehen, wo seine Ex-Frau lebt, interessiert ihn nicht.

»Jetzt hab ich Krebs und mach die Ehrenrunde.«

Unter der Tür fragt er Seamus Lafferty, ob er sich an Rosaleen Burke erinnert? Der Blick, den der alte Mann ihm zuwirft, spricht für sich: Das Lächeln macht sein zerlebtes, zerstörtes Gesicht für Momente jung, die Geschichte, die er nicht erzählen mag, ihm sowieso nicht, steht klar und deutlich zwischen ihnen in der Luft. Dann fällt dem alten sterbenden Mann wieder ein, wo er sich befindet:

»I hated every fucken' minute in here!«

Seamus Lafferty geht, ohne sich von ihm zu verabschieden. Später bemerkt er, dass die Flasche Jameson weg ist.

//

Im November, Sabrina tourt den ganzen Monat mit ihrer Band Four Acres But No Horse durch Schottland und Nordengland, sitzt er jede Woche mehrmals im Kino in Ballyshannon und sieht sich Filme an, die er sich auch in Zürich ansehen würde, *L. A. Confidential, Fräulein Smillas Gespür für Schnee, Jerry Maguire* und *Breakdown*; er sieht aber auch Filme, die er sich, würde die Dämmerung nicht bereits um fünfzehn Uhr einsetzen, kaum ansehen würde, *Men in Black, Air Force One* und *Con Air*.

Meist verliert sich nicht mehr als ein Dutzend Zuschauer in dem großen, schlecht geheizten Saal, gelegentlich ist er ganz allein, dann setzt er sich während der Vorstellung mehrmals um. Bald fährt er absichtlich zu früh nach Ballyshannon, um sich mit Kathy an der Kasse und dem Vorführer Patsy zu unterhalten. Als in Bundoran während des Booms ein Kinokomplex eröffnet, richtet Ballyshannon einen zweiten, kleineren Saal ein, muss aber während der Finanzkrise 2007 für immer schließen.

Sabrina ruft selten an, meist nach den Gigs, nach Mitternacht, er wird den Verdacht nicht los, dass sie zu viel trinkt und die Anrufe nur als lästige Pflicht versteht, die sie erledigen muss. In Bangor, sie hat ihm nicht erzählt, dass sie auch in Wales auftreten, fällt sie von der Bühne, die, das wiederholt sie mehrmals, viel zu klein war, und verknackst sich den Fuß, denkt aber nicht daran, die Tournee aufzugeben. *I play the fiddle with my hands, remember?* Die Männerstimmen, die er im Hintergrund hört, schüren Misstrauen, er widersteht der Versuchung, Alkohol in die Flammen seiner Eifersucht zu gießen.

//

Die Geräusche, welche die Sturmwinde nachts verursachen, treiben ihn aus dem Schlafzimmer unter dem Dach zurück ins Krähenzimmer. In gewissen Nächten fürchtet er, der Wind decke sein Haus ab, trage das Dach davon, ihn. In der zweiten Novemberwoche, Sabrina hat seinen Geburtstag vergessen, isst er wie letztes Jahr allein im Kee's Hotel in Ballybofey, allerdings fährt er danach

nach Hause, obwohl er stark angetrunken ist. Auf dem Barnesmore Gap sind die Windböen, die ihm entgegenwehen, so stark, dass er das irritierende Gefühl hat, in eine Wand hineinzufahren, die er vor sich herschieben muss. Als er sein Haus betritt, ist der Strom ausgefallen, wohl vor Stunden, wie die Temperatur vermuten lässt: Die Heizkörper sind kalt, der Brenner der Ölheizung feuert schon länger nicht mehr. Im Kamin faucht der Wind wie ein wütendes, gefangenes Tier. Er macht Feuer, legt so viel Torf nach, dass es beinahe erstickt. In der Nacht schrickt er aus dem Schlaf, der Strom ist zurück, den Schatten seines Pullovers über dem Stuhl hält er im Licht der Nachttischlampe, die plötzlich brennt, für seine Mutter, die am Fußende seines Bettes sitzt, um nach ihm zu sehen, für die Dauer eines Herzschlages aus dem Reich der Toten zurückgekehrt.

//

Die Unwetterfront, die minutenlang als blauschwarze Wolkenwand über dem Atlantik stand, setzt sich – er hat eben beschlossen, zurück ins Haus zu gehen – plötzlich in Bewegung und kommt näher, zuerst langsam, dann schnell und schneller. Rasch versinkt die Welt in der Dunkelheit, und es wird schlagartig kühler. Als er auf den Kiesplatz vor dem Haus tritt, die Äste, die er nach dem nächtlichen Sturmwind gesammelt hat, an den Oberkörper gedrückt, trifft ein erster Tropfen seine Stirn, im gleichen Moment erreicht ihn die Finsternis, die von der Gewitterfront vor sich hergeschoben wird; Regen trommelt auf die Karosserie seines Wagens, verhalten nur für wenige Sekunden, dann als hämmerndes Stakkato. Statt ins Haus zu laufen, bleibt er wie angewurzelt stehen und lässt die Äste zu Boden fallen. Blitze fahren durch die Dunkelheit, da, da und dort, er zählt, wie lange es dauert, bis der Donner folgt. Totes Laub schrappt über den Asphalt, vom Wind zusammengekehrt, das glasig blaugrüne Gestrüpp scheint im elektrischen Lichtgewitter vor- und zurückzuspringen. Die Kräfte, die entfesselt worden sind, jagen ihm zwar einen Schrecken ein, aber er kann sich unmöglich von der Stelle rühren. Ihm ist, die Finsternis dämpfe alle Geräusche ab, verpacke alle Welt wie Schnee in Watte – da fängt es tatsächlich an zu schneien, scharfe Körner, die ihm wie kleine Pfeile schmerzhaft ins Gesicht geweht werden.

Dann hob der Wind an zu brausen, zu fauchen, zu donnern, ein Biest, das sich auf die Hinterbeine erhebt und keinen Widerstand duldet, er hätte sich in ihn hineinlehnen können, so kräftig wehte er, ein Netz aufzuspannen für ihn, ein Netz, das ihn trug, ob er nun gläubig war oder nicht, er hörte Brandungsdonner, obschon er doch wusste, das Meer war zu weit entfernt, hob das Gesicht in das Körnergeprassel und dachte das erste Mal, seit er in Donegal war, an sie, die ja in der Schweiz geblieben war, zumindest in seiner Vorstellung, und sah für den Bruchteil einer Sekunde vor sich, wie es ablief, weil S. mich doch begleitet hatte und mitgekommen war, ein Gedanke, den ich sofort verdrängte, weil es splitternd krachte, da der Wind den Strommast auf der anderen Straßenseite knickte und zerbrach, das obere Drittel funkensprühend aufs Pflaster knallte, der Wind mich von den Füßen heben wollte, ich hätte vielleicht nur die Arme ausbreiten müssen, wozu mir der Mut fehlte, weshalb nicht ich, sondern Dachziegel durch die Luft segelten, schwere graue Geschosse, die auf dem Kiesplatz zerbarsten, sich in die Wiese bohrten und mein Auto zerstörten. Es dauerte keine zwei Minuten, dann war die Four Masters National School aus dem Jahr 1894 ohne Dach, ich streckte die Arme in die Höhe, nass bis auf die Knochen, *was passiert, betrifft dich nicht,* und probte die allerersten Schritte eines Tanzes, den ich nicht kannte, wie auch, bereit für das, was da kommen sollte, und überließ mich mit aufgerissenen Augen dem Wind.

»Die Kunst des Gehens besteht darin,
vor Einbruch der Dunkelheit zurück zu sein.«

Wendell Berry

Copany, Spruce Head Island, Suhr, La Chaume,
Mai 2017 bis Januar 2023

Dank an

George Love, Frank Boyle, Jimmy and Joan Johnston,
Colum McCann, Leland Bardwell, Dermot Healy,
Margareth, Gerard, Evelyn and Colette Glackin,
Eoin McNamee, Jens Steiner, Adam Clayton,
Molly McCloskey, Claude Baumann,
Rolando Colla, Jennifer Lee, Iggy,
Mr Pop, Brigitte Haas.

Komplizen

Afro Celt Sound System: *Further In Time;* Ernst Augustin: *Robinsons blaues Haus;* John Banville: *The Sea* und *Snow;* David Beresford: *Ten Men Dead;* Luka Bloom: *Riverside;* David Bowie: *Blackstar;* Colette Bryce: *The Full Indian Rope Trick;* Anna Burns: *Milkman;* Nick Cave & Warren Ellis: *The Road;* Chieftains, The: *The Long Black Veil;* J.M. Coetzee: *Youth* und *Summertime;* Miles Davis: *Bitches Brew* und *On The Corner;* Seamus Deane: *Reading in the Dark;* Per Olov Enquist: *Ein anderes Leben;* Anne Enright: *The Green Road;* Jürg Federspiel: *Kilroy;* Frames, The: *Longitude* und *The Cost;* Gavin Friday: *Shag Tobacco;* Rory Gallagher: *Irish Tour;* Bob Geldof: *The Vegetarians of Love;* David Gray: *Lost Songs;* Hothouse Flowers: *Songs From The Rain;* Hugo Hamilton: *The Speckled People;* Glen Hansard: *Didn't He Ramble, Between Two Shores* und *This Wild Willing;* Michael Harding: *Staring at Lakes* und *Bird in The Snow;* Francis Harvey: *The Rainmakers;* PJ Harvey: *To Bring You My Love;* Dermot Healy: *The Bend for Home, A Goat's Song* und *A Fool's Errand;* Seamus Heaney: *North;* Keith Jarrett: *Testament;* David Kitt: *Not Fade Away;* Colum McCann: *Everything in this Country Must;* Molly McCloskey: *When Light is Like Water;* John McGahern: *That They May Face the Rising*

Sun; Eoin McNamee: *Resurrection Man;* Ed Moloney: *Voices from the Grave* und *A Secret History of the IRA;* Christy Moore: *The Time Has Come;* Edna O'Brien: *Wild Decembers;* Richard O'Rawe: *Blanketmen;* The Pale: *Here's One We Made Earlier;* Sharon Shannon: *The Diamond Mountain Sessions;* Sting: *Soul Cages* und *Ten Summoner's Tales;* Markus Stockhausen: *Wild Life;* J.M. Synge: *The Aran Islands;* Colm Tóibín: *Bad Blood;* Uwe Timm: *Am Beispiel meines Bruders;* U2: *Achtung Baby;* Linn Ullmann: *Die Unruhigen;* Züri West: *haubi Songs;* William Butler Yeats: *The Celtic Twilight;* Neil Young: *Zuma;* Frank Zappa: *Hot Rats* und *Waka/Jawaka.*

Hansjörg Schertenleib

Hansjörg Schertenleib, geboren 1957 in Zürich, gelernter Schriftsetzer und Typograph, ist seit 1982 freier Schriftsteller. Seine Novellen, Erzählbände und Romane wie die Bestseller *Das Zimmer der Signora* und *Das Regenorchester* wurden in ein Dutzend Sprachen übersetzt und vielfach ausgezeichnet, seine Theaterstücke auf der ganzen Welt auf die Bühne gebracht. Schertenleib lebte zwanzig Jahre in Irland, vier Jahre auf Spruce Head Island in Maine und wohnt seit Sommer 2020 im Burgund. Zuletzt erschienen: *Die Fliegengöttin* (2018), *Palast der Stille* (2020), *Offene Fenster, offene Türen* (2021), *Die grüne Fee* (2022), *Im Schilf* (2023) sowie die Maine-Krimis *Die Hummerzange* (2019) und *Im Schatten der Flügel* (2020).